ファン文庫

古器旧物保存方つくも神蒐集録

わけあって交渉人の助手になりました

著　藍川竜樹

マイナビ出版

【目次】

Kokikyubutsu
hozonkata
Tsukumogami
syusyuroku

光も見えないどん底にいると感じるのは、どんな時だろう。

・・・序話・・・

つくも神だって逃亡したい

女神の休日
国宝出尻形土偶〈土偶の女神〉

Kokikyubutsu
hozonkata
Tsukumogami
syusyuroku

郁《いく》は困っていた。

脳内で、問いの形をしたひとり突っ込みを繰り返してしまうくらいには、弱りきっていた。


問一、真夜中の博物館で、動く土偶と遭遇したら。あなたはどうしますか？


時は草木も眠る丑《うし》三つ時、所はシックな内装の山形県某博物館。

カラーを入れたことがない長い癖のない髪に、頑丈が取り柄の黒縁眼鏡。それに臙脂《えんじ》ネクタイの制服姿の郁は、座右の銘が『堅実安定』『安心蓄財』という、近ごろでは渋めの女子高生だ。今は地方在住民には魅力の、時給千円のバイト中だった。

『ここを何者も通すな。というより、何か来たら捕獲しろ』

指示が大雑把《おおざっぱ》な雇い主に言われて、分厚い毛布を手に、無人の通路に佇んでいる。

簡単な仕事のはずだった。交替不在で休憩時間を取れないのがきついが、見張る目と腕力さえあれば誰でもできる、ただの肉体労働のはずだった。

なのに。そんな郁の足もとへと、小さな影が近づいてくるのだ。

土偶、だ。

レプリカやロボット模型ではない正真正銘の歴史遺産、高さ四十五センチほどの赤みがかった土色の人型が、細長い通路をこちらに向かって駆けてくる。

関節部や表皮の伸縮性がどうなっているかは謎だが、小さな土偶は足の長い、腰の締まったモデル体型。顔に目鼻の造形はなく、代わりに耳飾りをつけるためらしき穴がある。そんな、博物館パンフレット掲載写真と同じ姿の、お人形めいた土偶がとてとてと走る姿は、速度の遅さもあって怖いというよりもけっこう、いや、とても……。


……可愛い。


「って、違うでしょ。何をほだされてるの、私！」

郁は思わず声に出して突っ込んだ。

いくらトイプードルサイズでも相手は土偶、無機物だ。そんな物が動く。予備知識を得たうえでも異様すぎる。郁はもともとこういった不思議議現象《ファンタジー》が苦手なのだ。気絶するか回れ右して何も見なかったことにしてしまいたい。

だが、理性がそれに待ったをかける。駄目だ。今はバイト中。両親が海外移住してしまい、親戚でもない赤の他人の家に居候中の郁にとって、ここでの時給は生命線だ。仕事人に徹しなければ。

しかし、できない。引きずられる。

同調、というのか。小さな足をちょこちょこ動かす土偶を見ていると、相手の必死な心が伝わって、行く手を阻むのはもちろん、その姿を見て驚くことさえもが、すごく悪いことをしている気分になるのだ。

土偶が顔をあげた。視線が絡み合う。もちろん焼き物の土偶に目はない。だが郁は確かに土肌の面《おもて》に表情が浮かぶのを、大きな瞳があるのを、目ではなく心で感じた。懸命な、潤んだ瞳。きゅんっと郁の胸が鳴る。

(やっぱり、無理……！)

この子の願いを、邪魔するなんて。

郁が、くっ、と目をそらせるのと、土偶の背後、長い通路の向こうから、鬼の形相をした男が現れるのは同時だった。男は棒立ちになった郁を見るなり怒鳴りつけてくる。

「おい、何をぼさっとしてる、郁っ」

無駄のないスリムな長身、走ってきたためか乱れた髪が額にかかるのが色っぽい。

今の郁の〝保護者〟であり、〝雇い主〟でもある有馬《ありま》一徹《いってつ》だ。

どこの熱血スポ魂アニメかと思う古き良き名だが、本人はぎりぎり二十代。綺麗めトーンのカラーシャツにテーラードジャケットというお高そうな服からのぞく白い手は、指が細く長く、繊細かつ器用そう。肌の焼け具合からしてもアウトドアなスポーツ関係者ではなく、インドアな美術関係者だ。彼は土偶を逃がさないよう慎重に距離を詰めつつ、なおも焦った声をぶつけてくる。

「郁、お前、不思議物は苦手じゃなかったか？　距離をおきたいとかほざいていたくせに、何を即行ほだされている。嫌いというのはポーズで、実は大好きというツンデレか？」

……何度も言うが、郁はオカルトやUMAといった不思議ジャンルが得意ではない。信じる、信じない以前の問題で、パワースポットや運命の恋といった一般人にも人気の分野も無理だから、これは夢見がちだった両親の影響だと思う。

『ほうら、郁、茅耶《ちゃ》、ロマンだろう。常陸《ひたち》の国に流れついた〈うつろ船〉の文献だよ。父さん、今度こそ宇宙人来訪の証を見つけてみせるよ』

父は宇宙人飛来説というニッチな夢に生きる人だった。定職につかず、家族を連れて全国を放浪し、趣味の研究に明け暮れた。おかげで郁も転校に次ぐ転校、家は年中貧乏だった。

『ママがパパと出会ったのは、パパが参加してた発掘現場《パワースポット》だったの。そんな私たちの子供だもの。郁にも茅耶にもきっと素敵な出会いが待ってるわ』

元気すっぽん汁の営業売り上げ全国一の偉業を成し遂げ、家計を支えた母は、運命の恋と不思議パワーに目がない人だった。夫にベタ惚れで、新たなスポット巡りは運気が上がると引っ越しも奨励、家中パワーストーンや護符だらけだった。

三つ違いの妹、茅耶は人懐っこい性格だった。父母の趣味にも無事順応して、一緒にスポット巡りを満喫し、転出入を繰り返す学校でもすぐ人気者になっていた。

だが郁は駄目だった。次々と訪れる別れにいつまでも慣れず、新たな人間関係をつくるのにも臆病になり。それどころか父母をも含む身内で不思議話で盛り上がろうにも、ロマンのない硬い受け答えしかできず、家族の中でも浮いていた。

そんな郁が、『不思議自体に恨みはないし、それを好きな人を否定する気もないが、自分が近づけば空気を壊すだけなので、関わるのはやめた方が無難』と達観するようになったのも無理はないだろう。

だからせめて自分に向いた方法で家に居場所をつくろう。堅実に学習して受験して、給料のいい職について自立して。経済的に家族を支えよう。それを自分の役割にしよう。

そう前向きに決意して、頑張っていたのに。

なぜ、今、こんな怪奇現象の真っただ中で、いわれのないツンデレレッテルをはられているのだろう……？

あまりの状況変化に、つい現実逃避をしてしまった郁に、通路の向こうから、「いつまでぼーっとしている」と有馬がジェスチャー付きで訴えてくる。

「何のための見張り要員だ。好きでも嫌いでもどっちでもいいから、とっとと道をふさげ。そいつは西《にし》ノ前《まえ》遺跡出土の焼き物、縄文中期を代表する土偶で完全な形が残る中では最大級、貴重な品だ。それがなくともその涎《よだれ》の出そうな見事なフォルム、人類の英知、美の結晶だ。まだじっくり愛でてもいないのに逃がしてたまるか。絶対阻止しろっ」

「わ、わかってます、有馬さん。だけど必死なんです、この子」

我に返った郁はあわてて雇い主に応えた。ついでに、盛大に鼻をすする。

頭では理解していても、同調が止まらない。相手の必死な、逃げたい、という気持ちもらい泣きを耐えるだけで精いっぱいだ。有馬が、ちっ、と舌打ちした。

「波長が合いすぎるのも考え物だな。そこまで引きずられるとは」

「そこは同意ですが、そもそも有馬さんがそんな変態顔で追いかけるから逃げてるんじゃないですか。まず顔を変えてきましょうよ」

「人の顔に責任を押しつけるな。わかった。捕まえろと無茶は言わん。とにかくそいつの足を止めろ。邪魔をしろ。それくらいならできるだろう。あとは俺が何とかする」

ただし、と有馬が付け加える。

「そいつは縄文時代に作られた土器で陶磁器より脆《もろ》い。下がカーペットでも転びでもしたら足が折れる。ちなみに磁器と土器の違いは焼き締め温度にある。いわゆる焼き物というのは土をこねて形を作り、乾燥させたあとに焼く。七百から八百度で焼いた物が土器で……」

「こんな時まで蘊蓄《うんちく》発言はいりません。それよりもっと実用的な助言をください」

相手の貴重さや早めに保護したい理由なら、耳にタコほど聞いている。それに時給千円。郁は気力を奮い立たせる。

「バイト料をもらう以上、頑張りますけど、捕獲グッズがこの毛布だけって何ですか。フィクションならこういう時、足止めのお札とかありますよね？」

「そんな都合のいい物、現実にあるわけないだろう。手持ちで何とかしろ」

「手持ちでって、無茶ですよ。私、霊能力とか不思議能力はいっさいありませんよ？」

ただの高校生には難問すぎる。

だが有馬は許してくれない。

「そう言うが相手だって不思議能力はないんだ。動けるだけだ。なら、互角だろう」

「相手が動けるだけって、なおさら悪くありませんか。それってこの子に身を守るすべがないってことですよね？　そのうえこちらも現実物理しか行使できないなら、そんなこけても駄目な脆い体、毛布をかぶせて止めたら一発で潰れて終わりですよ？」

「そこはうまく頭と道具を使え、人類だろう。とにかくそいつをこれ以上走らせるな、転ばすな、触らないようにして止めろ。もちろんお前も絶対に手を傷つけるなよ」

触らずに？　さらにハードルが上がった。それにもうひとつ、手を傷つけるなという条件。彼の目はまっすぐに郁の手袋をはめた手を、正確にはその左手を見ている。

ここに宿すモノを壊してでもしたら本末転倒、何のために有馬と行動をともにしているかわからない。だが……。

「言っておくが、難解だからとこの問題を他に丸投げはできないぞ」

郁の迷いを断つように、有馬が言う。

「今、こいつに対せるのは俺とお前だけ。できません、で放棄可能は義務教育の答案までだ。甘えるな。ここで逃したら一から張り込みのやり直しだからな」

それは困る。飛行機で仮眠を取ったとはいえ金曜の夜にここへ来て、今は日曜深夜。その間、食事休憩をはさんだものの、ひたすら館内で脱出路ふさぎと張り込みだったのだ。郁の体力と睡眠欲求は限界だ。

それにこの件が片付かない限り博物館も臨時休館、収入減だ。他人の財布の話だが、父のゆるい経済観念で苦労した郁には、〝無駄骨〟〝無収入〟の字は聞くだけできつい。

恥は、捨てた。

（ごめんね）

土偶に向かって謝るなり、郁は根性を見せた。

「必殺、ハドリアヌスの長城《ちょうじょう》っ」

両脇が壁とガラス張りの陳列台なのを幸い、通路いっぱいに横たわり通せんぼする。

足が長いモデル体型とはいえ、しょせんは身長四十五センチの土偶。突如現れた壁を乗り越えることができず、ストップする。決して郁の横幅が太いからではない。

「でかした、郁！」

駆けつけた有馬も、すかさず己の長い手足をつかって退路を断つ。ふたりして万歳して床に寝そべった格好だ。

この様子は館内モニターで憧れの文化庁役人や博物館員たちも見ている。情けない姿をさらす恥を、郁は目をつむってやり過ごす。

そんな中、有馬だけは絶好調だ。照れもなく、「俺の話を聞いてくれ」と土偶を口説きにかかっている。

「ここ半年の監視カメラにうつるお前の映像はすべて見た。お前のその表情、わずかに現れる心の動き、それらを二十四時間かける半年分、超倍速でつぶさにだ」

相手への対処手段が話術しかないとはいえ、一歩間違えるとストーカー的な危ない発言だが、有馬は真剣だ。何より熱い。同情心にあふれたその口調が、眼差しが、お前を、世のすべての芸術を愛していると叫んでいる。通路の両端を人間二体に阻まれた土偶は、おろおろしながらも聞くしかない。

「お前はいつも訪れる客の、特に女性の服を見つめていたな。見ろ、これを」

有馬がポケットから取り出したのは、丸めた女性用ファッション雑誌だ。

土偶が動揺したように体をゆらせた。

「当たり、だな。この手の情報に興味があるんだろう？　最新号だぞ。国の宝とはいえ、お前の中身は友とのおしゃべりやおしゃれに憧れる、ただの繊細な女子だ。なのに自分の立場や館員たちのことを考えて、今まで我慢してたんだな。……お前は優しい土偶だ」

よく耐えたな、偉いぞ、と有馬が土偶の頬へと手を伸ばす。

「二十四時間、狭いケースに閉じ込められて、じろじろと知らない人間どもに全身を見られ続ける。それがどれだけつらかったか。点検の時、久しぶりに外の空気に触れたお前が、ふらりと飛び出してしまったことを、一度だけ自由をと必死に逃げたことを、誰が責められる？」

　有馬が低く囁く。しかも彼の体はまだ通路をふさいだままだ。

　彫りの深い端整な顔でこれをやられると、ふたりだけの空間で彼の腕に閉じ込められているような、えもいわれぬ恥ずかしい雰囲気になる。無機物に性別があるかは知らないが、有馬の言うとおりこの土偶のメンタルが普通女子なら、抵抗しきれないだろう。

「わかってくれ。俺がお前を追うのはお前の体が心配だからだ。長時間の逃走はその脆い体では耐えきれない。いずれ崩れる。だからケースに戻ってくれ。代わりに俺が妥協点を探る。休憩時間を設けてケースをシートで覆うことや、寂しいなら、人がいない夜間にネットで他館の収蔵品と話せるよう環境を整えることを博物館側と交渉しよう。どうだ？」

　ゆれている、土偶の心がゆれている。

「俺を信じろ。お前のすべてをゆだねてくれ。決して、悪いようにはしない」

　それがとどめの一言になった。

（あ、落ちた）

　土偶はまだ少し目をそらしてためらうそぶりを残しているが、今までよほど寂しかったのだろう。心はもう有馬を受け入れている。彼の隣におずおずと座って、ファッション誌を一緒に見る気満々だ。

相手の心をほぐすには、相手の興味を共有すること。館内録画を一通り見たあと、なぜこんな物を買いに行かせるのかと不思議に思ったが、こういうわけだったのか。

人に無茶な要求ばかりする雇い主だが、こと、この手の相手に関してはプロだ。

もう道をふさぐ必要はない。

あとはふたりの時間を邪魔しないようにするだけ。

郁は静かに立ち上がると、展示室を出た。階段を降り、関係者以外立ち入り禁止のバックヤードに入る。ふわりと薫る静寂の気配。表に倍する収蔵品から漂う、乾いた博物館独特の匂い。幾重にも積まれた深い歴史の層に分け入る感触がする。

綺麗に掃除が行き届いていたが、一応、制服についた埃を払いつつ、郁は自分の初仕事を振り返る。冒頭は恥ずかしながら相手に引きずられたが、致命的なミスにまではいたらなかったはずだ。足止めも一か八かだったがうまくいってよかった。あれで止められず土偶と接触、破損などとなれば、一般庶民である郁には償いきれない。

何しろあの土偶の名は『土偶の女神』。

金額査定などできない人類の宝。ふたつと同じ物はない至宝、国宝なのだから。

＊　＊　＊

――つくも神、という物を聞いたことがあるだろうか。

一般人の郁には妖怪やお化けとの区別がいまいちつきにくいが、茶碗や木魚に手足のはえた百鬼夜行図などが有名だ。物を大切にしなさいという、もったいないお化けみたいな物かと思うが、昔の人々は古くなった器物には魂が宿ると信じていたらしい。

それが真実なら？

彼らは姿を見せる相手を選ぶし、政府は各方面に障りがあるからと公には存在を否定、隠しているが、この国の古物はけっこうな割合でつくも神化している。

人に近い手足がある古物はそのままの姿で。破れ傘など手足がないモノはひょっこり細い手足が生えた姿で、夜になるとひょこひょこ動き回っている。その際、自分たちの姿を人間に見せるかどうかはつくも神たちの神格と性格しだい。

たいていのつくも神は動く姿を関係のない人間に見られるのを嫌がり、昼の間や、知らない人が来た時は、『だーるまさんが転んだ』の童遊びのようにぴたりと手足を引っ込め動かなくなる。なので、「あれ？　ここに花瓶があったかな？」と、半ばポルターガイストめいた現象が起こるのだが、隠形《おんぎょう》の技に長けたつくも神になると、人のいる真昼間でも、本体の器物の姿すら人の眼に映らないように隠して移動してしまえるらしい。

そんな感じで目撃例が少なく、秘匿されている存在なのだが。

考えてもみてほしい。古い器物に魂が宿るなら、古い物オンパレードの博物館や、文化庁管轄の国宝、重文指定物がどうなっているかということを。

昔話にある妖怪とは違い、精霊付き器物とでもいうモノに変化《へんげ》しただけで、こっそり動き回ることしかできない彼らだが、それでも自我をもった以上、所有者である人間との意見の相違から、脱走、ストライキなどのトラブルを起こすことがある。

例えば教科書にも載っている有名な仏像が、夜の間にふざけたポーズに変わっている等、一般公開ができなくなるような、おちゃめないたずらをしてくれるのだ。

そう書くと、「そんな面倒な物さっさとしまいこんじゃうか、壊しちゃえば？　相手は妖力とかないただの骨董品なんでしょう？」と言われそうだが、問題はつくも神化した器物には、希少な美術品や歴史文化財も含まれるということだ。

替えの利かない貴重な品たち。つくも神を退治するために壊すなど言語道断。彼ら自身の無謀な暴走からもその身を守らなくては、文明人の名が廃《すた》る。

そこで呼ばれるのがつくも神と会話をすることができ、人との妥協点を探れる交渉人だ。平安の世に陰陽師《おんみょうじ》がいたように、今でも名称を変えてその職種と技能は残っている。

有馬の公的な肩書は、『古器旧物保存方つくも特別顧問』。

文化庁が古器旧物保存方と呼ばれていた明治の世から続く非常勤の交渉役の家系で、いわゆる〝視える〟〝聞こえる〟〝話せる〟人だ。つくも神の隠形の技をも見破り、意思の疎通を図る。本業は別にあるが、政府筋から要請を受けると今回のように現場に駆け付け、つくも神と言葉を交わし、人との橋渡しをする。


そして、そんな彼の助手を務める郁は。


無人のバックヤードを歩いて臨時設置したモニター室に入る。

館内のあちこちに仕掛けたカメラで状況を見ていた学芸員や研究員など、関係者一同が振り返った。皆、険しい表情の大人ばかりで、高校生の郁からすれば結構な圧力だ。

緊迫した雰囲気に動けずにいると、その中のひとり、スーツの似合う美女が歩み出た。

にっと笑いながらペットボトルのカフェオレとチョコレートバーを手渡してくれる。

「初仕事、無事終了ご苦労様、郁ちゃん。はい、補給物資」

有馬と現場との仲介役として、霞が関から出張してきた文化庁のキャリア、久宝寺綾《きゅうほうじあや》音《ね》女史だ。さすがはできる女。華やかでいてさばさばした笑みが、気遣いの甘味とともに、郁の場違い感をほぐしてくれる。

「ありがとうございます、綾音さん。ちょうど甘いの欲しくて」

二重の意味で感謝して、奢りっぽいがそれでは悪いとポケットの小銭入れをさぐっていると、他の館員たちも集まってきた。

つくも神の足止めは成功したが、有馬の交渉が終わるまでは彼らにとってさらに心臓に悪い待機の時間だ。落ち着かないのか、次々と話しかけてくる。

「いやあ、助かりました。もう我々じゃ話も聞いてくれなくて」

「一生懸命管理していたつもりだったのに、何がいけなかったんですかね。三日前の総点検の時、ケースを開けたら、いきなり逃げちゃったんですよ」

綾音さんが隣にいるせいか、皆、郁相手でも敬語だ。

「館を臨時休館して空調を調整して、床に緩衝材を敷き詰めて。あとはひたすらダクトとかから逃げ出さず館内にとどまってくれるのを祈りつつ、あなたがたの到着を待ってたんです」

「ひやひやしましたよ。つくも神って本体すら人に見えないようにできるでしょう？　おかげで女神の現在地すら確認できなくて。へたに私たちだけで動いて彼女を壊してしまってはまずいですから」

もう胃が痛くて、と鳩尾《みぞおち》を押さえる館員たちを見ていると、いたたまれなくなる。

辺りの机は徹夜明けとわかるコーヒーの紙コップだらけ。皆の眼の下にはクマ。

彼らは土偶の脱走以来ここに詰めて、彼女がふと気を抜いた折にカメラにうつる本体画像の行方を追いつつ見守っていたのだ。

これまでだって太古の焼き物である彼女の劣化を防ぐため、涙ぐましい努力をしてきたのだろう。なのに土偶は逃げ出した。待遇に不満があると公言するかのように。

一方通行の想い。

仕事とはいえ、自分の頑張りが相手に伝わっていないと知ることほど脱力することはない。つい最近、郁も身をもって味わったばかりだ。だからだろうか。

「……あの、うちの有馬はあの土偶に、『館員たちのことを考えて我慢してたんだな』って言ってました。わかってると思います。〝彼女〟も、皆さんの努力は」

声に出して言っていた。

郁は会ったばかりの相手に親身になれるような優しい人間ではないし、頭が柔らかいと言われる十代のわりに、つくも神などという存在《ファンタジー》には未だ慣れない。

それでも言わずにはいられなかった。

まだ高校生の郁がこんなことを言えば、大人相手に生意気なと眉を顰《ひそ》められるだけかもしれない。だが館内モニターに音声は入らない。あの言葉を伝えられるのは郁だけだ。

軽く手を握って気力を奮い立たせると、郁は周りの雰囲気におされて不思議土偶を〝彼女〟と呼んで、疲れた顔をした仕事人たちを励ます。

「ことつくも神に関しては、有馬の言うことは確かです。何しろ有馬は〝国宝殺しの有馬〟。他はともかくつくも神や美術品への洞察力だけは保証できますから」

有馬は恥ずかしいのかこの二つ名を嫌がっているが、有馬の助手という肩書を前面に出して頼もしく見えるように笑いかけると、やっと彼らの顔のこわばりが取れてきた。

「そうか、〝女神〟もわかってくれてるのか……」

「じゃあ、このあとどんな要求を出してこられても、絶対、応えなきゃな」

それが、私たちの仕事だから。館員たちが光る物の滲んだ目をこする。

女神の発掘、保存に関わった先人たちの血と汗と涙。

今までに発見された土偶はたいていが儀式のためか、粉々に割られていた。そんな中、『土偶の女神』だけは破片が比較的大きな状態で出土したのだ。女神の周囲には粉々に割られた他の土偶が複数発見されたことからも、この女神だけはもしや長期間、祭壇に安置されていたのでは。土偶の中にも役割分担があったのではと、考古学上、新たな学説につながる発見となった貴重な品だ。

それがなくとも、この女神は美しい。

極限までデフォルメされた体。腕は省略され、ほっそりとした肩と胸板は無性の神のように神秘的で。それでいて胴には母なる女性を表す突起と臍《へそ》がある。そして腰回りを飾る繊細な渦巻き模様。自立できるようにと裾に行くほど広がった長い足にもくまなく縞が描かれて、物言わぬ肌は東洋の仏像にも似たなめらかさ。

太古の昔に作られたとは思えないスタイリッシュな美しさだ。考古学マニアでない郁でもその赤褐色の肌に惹かれ、見入ってしまう。

ましてやここにいるのは日頃から古代ロマンに接する仕事人たちだ。

この博物館の館員は他とは違い、県内の教員が持ち回りで務める。それ以外は公募などで集った嘱託職員だ。当然、何年も同じ博物館に勤められる学芸員とは条件が違う。それでも限られた時間や予算、制約の中で、懸命にここを維持している人たちなのだ。

女神が土中から現れた時の興奮。

五つに分かれた破片を繋ぎ合わせ、その姿が復元された時の感動、管理を彼女が発掘されたこの県で行うことになった時の誇り。それらは熱い涙なくして語れないのだろう。疲れ切った彼らの顔の中で、眼だけは生き生きと輝いていた。

「太古の造り手から時を超え託された、たったひとりの貴重な女神なんだ。必ず今の姿のまま、次代に受け継がせないと。俺たちが頑張らなくてどうする」

「ええ。僕らの代で損ねでもしたら、保存に関わった先人たちから祟《たた》られちゃいますよ」

「祟られるって、あの人たちに夢枕に立たれるの？　発掘に関わったボランティアまで含めたらすごい数よ。女神本人に祟られるならいいけど、それは困るわ」

軽口を叩き合いつつも、彼らは自分たちが女神に対して何ができるかを議論しはじめる。それがまたプロという感じがしてかっこいい。

普段、陽のあたることのない博物館の裏方を支える人たち。

だがその熱い眼に、声に、この国の文化は確かにこの人たちに支えられているのだと実感できた。太古の品を維持する。それはひとつの品を作り上げる芸術家のように、己の技術の粋を、生きた証を、眼に見える形で世に残せる仕事ではない。

ただ伝える。次代へ受け継がせる。そのために技を磨き、心血を注ぐ。

現状維持が当たり前、そう誤解され、評価のされにくい仕事だ。それでも彼らの脳裏には、物づくりに関わる昭和世代のバイブル、Xという大文字とともに某女性シンガーの有名ソングが流れているだろう。

「館員の心のケアまでしてくれるなんて、なかなかやるじゃない」

カシュッと軽い音がして、この場のもうひとりの裏方、綾音女史が栄養ドリンクのキャップを開ける。こんなふうに肯定されることには慣れていない。郁はあわてて弁解する。

「いえ、別に、そんなかっこいい理由で言ったわけじゃ」

「照れない、照れない。褒められた時は堂々と胸張ってたらいいのよ」

綾音さんが腰に手を当て瓶の中身を一気飲みする。飲み終わると、ぷはあ、と息を吐くところが漢前《おとこまえ》だ。

「郁ちゃん、つくも神相手の仕事ってこれが初めてでしょ。びっくりして気絶しなかっただけでも偉いのに、十分戦力になってるんだもの。威張ったっていいわよ」

「私の場合、事前に元の姿がどんなだか映像で見てましたし。それに……」

相手が館員想いの優しい女神様だった。

そう言うと綾音さんがうんうんとうなずいた。

「そうなのよねえ、つくも神って人からの扱いの良かった子は特に育ちがいいっていうの？　優しい子が多いのよねえ。そのうえ妖力とかないし？　非力だし？　とてとて走っちゃうわけだし？　見てるとこっちが守ってあげなきゃって気になるのよねえ」

「あ、それわかります」

郁は同意した。ちょこちょこ動き回るつくも神はサイズが小さな物が多いからか、ファンタジーが苦手な郁でさえ、童話の小人や妖精さんのように感じて和んでしまう。

これは実際に彼らと接した皆が思うことだろう。つくも神は数が少ないうえシャイなのか、めったに人前では動かない。現に『土偶の女神』も自ら動いたのは今回の脱走騒ぎが初めてだ。つまりここにいる館員たちがつくも神を見たのはこれが初めて。なのに皆、すっかりファンになって盛り上がっている。

綾音さんがそんな館員たちを見ながら、しみじみとつぶやいた。

「いいわねえ、皆。動く器物なんて怪異、初めて見るとパニックになる人だって多いのに」

綾音さん曰く。つくも神と初めて遭遇した人の中には、未知への恐怖から防衛本能が働くのか、怯えた自分を知られたくなくて虚勢をはるのか、バットやゴルフクラブを振り回したりと、やたらと攻撃的になるタイプがいるそうだ。

「で、貴重な品が壊されちゃうケースもあって。そうなる前に保護したいんだけど、国内の古物は数が多くてどれが次につくも神化するかわからないし。かといって多方面に障りがあるからつくも神の存在は公にはできないし。頭の痛い問題なのよねえ」

現在、国内に新たに発現したつくも神は、所有者が国に報告、登録する義務がある。つくも神の管理には注意がいるので、その説明と保護のための登録だが。つくも神の存在は公には秘密だ。なのになぜ報告を促せるのかというと、いきなり動きだした古器に驚いた所有者が、相談を持ちかけそうな警察や美術商といった人たちに守秘義務を課して、文化庁まで連絡してもらう形を取っているかららしい。

が、やはり万全ではなく。未だよい方法を模索中だそうだ。

「その点、ここの人たちはもともと女神が好きってのもあるんでしょうけど、ちゃんと受け入れて。そのうえ守らなきゃって生き生きしてるんだもの。さすがは博物館員っていうか、こういうのが少年のような夢見る瞳っていうんでしょうね」

「愛ですね」

「ちょっとうらやましい気もするわね。実際にそれを職にすればいろいろあるでしょうけど、これだけ好きな物があって、それを仕事にできるってなかなかないことだから」

学芸員の資格を取る人は多い。が、その中で希望の職につけるのは一握りだ。

「郁ちゃんも将来は有馬みたいな職につくんでしょう?」

話の流れで、当然のように尋ねられた。

だが、その問いに郁は素直に答えられない。

目の前にいる館員たちはかっこいいと思う。素直に憧れる。が、今までが今までだ。うまく家族の輪に入れず独りで過ごした日々。つくも神に不用意に近づけば、またあんな想いをするのではないか。身に沁みついた怖れがある。遠くから見るだけなら応援もできるが、それ以上はハードルが高い。

「……その、こんなバイトを始めておいて言うのもなんですが。まだリアルと幻想《ファンタジー》のギャップに慣れないというか」

「あ、そうだったわね。今こうして有馬の助手を務めてくれてるのも、成り行き上やむなくだったわね」

つい顔を強張らせると、事情を知る綾音さんが室内でも外さない郁の手袋を見た。正確には、手袋の布地の下、左手の指にはまったガラスの指輪を。

「郁ちゃんの将来の夢は安定の公務員か、ファンタジーとは関係ない堅実な会社の事務職だっけ？　ま、文化庁《うち》も一応、郁ちゃん希望の公僕だし？　将来、来る気があるなら上に口きいてあげるから。試験には受かるように学業はしっかりね」

「はい、ありがとうございます、綾音さん」

答えつつ、郁も自分の手袋に隠された左手を見る。

薄い布地の下、郁の薬指にはまっているのはレトロな黒いガラスの指輪だ。

意匠は深い夜闇にふわりと浮かぶ薄紅の花雪洞《はなぼんぼり》。星屑めいた金砂を流水紋として散らした、美しい明治の精巧細工。今も郁の精気を吸いつつ妖しく輝く婚姻を約する指輪。

偶然、このつくも神化しかけた婚約指輪を手にした時に、郁の運命は変わった。

神として羽化する前の、いわば蛹《さなぎ》状態の指輪に気に入られてしまった今の郁の肩書は『つくも神の仮宿主』『つくも神の仮花嫁』。

互いに惹かれ合い、結ばれようとする対の指輪の片割れを手にしたせいで、赤の他人の有馬と腐れ縁ができてしまい。

貴重なつくも神付美術品を保護するために文化庁から観察保護対象にされ、そのうえ、つくも神たちに同調しやすくなった体質を理由に有馬の助手役をすることになり。

堅実に生きたいと願っているのに、この不思議世界にどっぷりはまって抜け出せなくなった、不運な一般家庭出の女子高生なのだった——。

…第一話…

つくも神だって祟りたい

ふたつでひとつ、
江戸白泥鉄絵鶴亀文浮徳利

Kokikyubutsu
hozonkata
Tsukumogami
syusyuroku

1

郁がこんなやっかいな境遇に陥ったのは今からひと月前、高一の夏休みのことだった。

とある事情で家族のもとを離れ、関西にある祖父母宅にひとりで泊まりに来た時のこと。ちょうど祭りだからと連れていかれた神社の参道に、ハロゲンランプに照らされた夜店が並んでいて、中に骨董品を扱う店があったのだ。

普段、生活必需品にしか興味のない郁だが、その時はひとりで知らない土地へ来て寂しかったのだろう。紅い毛氈《もうせん》の前に、珍しい、としゃがみこんでしまったのだ。そして目についた指輪を、ふと、指にはめてしまったのは魔がさしたとしか言いようがない。

まさかその指輪がつくも神化しかけていた古器で、郁の指から取れなくなり、つくも神保護法を盾に文化庁から海外渡航禁止を命じられるとは。両親と別れてひとり、有馬の保護下におかれることになるとは。その時の郁にどう予測できただろう。

だからだろうか。

今の暮らしやその他もろもろに、未だに心の折り合いをつけられずにいる――。

＊　＊　＊

「私費で山形名物、おごるわよ」

　という綾音さんの声を振り切って、徹夜明け、朝一番の飛行機で帰ってきた関西は伊《い》丹《たみ》空港。そこからさらに高速道路経由で戻ってきたのは、海を見おろす六甲《ろっこう》山脈の麓、海岸線沿いに広がる神戸《こうべ》の街だ。

　山形県からここまではさすがに距離がある。時刻はもう昼だ。お腹がすいた。

「……今頃、綾音さん、山形牛食べてるんでしょうね。出張に来たからには地元グルメを食べ尽くさなくてどうするのってすごい張り切り具合でしたし」

「神戸には神戸牛があるだろう。問題ない」

「山形といえば他にもほこほこ芋煮にどんがら汁、ずんだ餅やサクランボ……」

「あのな。いくら俺がカレンダーに関係のない自由業の男でも、今日が月曜ということくらい知っている。お前、学校があるだろう。今からなら昼食を済ませてもまだぎりぎり午後の授業に間に合う」

　言いつつ有馬はちゃっかり玉こんにゃくと地酒を数本、空港の売店で買い込んでいる。

「法手続きと親の承諾は得ているとはいえ、赤の他人の高校生を連れまわしてバイトさせてるんだ。平日にうろうろしているところを見つかって通報でもされたらどうする。人様から預かった未成年者に補導歴がついてしまう。保護者として看過できるか」

「気を遣うところはそこですか」

保護者を名乗るなら、二日完徹の健康状態の方も配慮してほしい。

気まずい沈黙を招かないよう、かつ馴れ馴れしくなりすぎないように気を配りながら軽口をたたいて車を降りると、そこにあるのは古めかしい一戸建てだ。

有馬の曽祖父が戦前に建てたという館は、赤瓦《あかがわら》が目立つ洋風建築。なのに庭は芝生の周りに松や躑躅《つつじ》が植えられた回遊式和風庭園で、見事なまでの和洋折衷だ。和と洋の混在に違和感がないのは、全体の趣味がいいからだろう。文明開化の号とともに開港した神戸の街に似合うハイカラな造りともいえる。そしてここが今の郁の〝家〟でもある。

両手いっぱいの荷物を抱えて、有馬と一緒に古式なノッカーのついた扉をくぐる。

「今、帰ったぞ」

「おかえり、お風呂わいてるよ、順番に入っちゃって」

お疲れ様、と、黒光りする廊下の向こうから、留守番をしていた薫《かおる》さんが顔を出す。

薫さん、と女性的な名前だが、彼はれっきとした男性だ。ひょろりとした長身にやわらかなくせ毛、それに人懐こい大型犬みたいな優しい垂れ目に丸眼鏡。

ほわほわ小春日和な雰囲気に和み効果がある薫さんは、ここの同居人のひとりだ。

有馬の本業、副業双方の秘書さんで、我が道しか行けない有馬をきちんと社会人として生活できるようにサポートし、ついでに、「可愛げがない」「堅すぎ」と突っ込まれることの多い郁にもにこにこ接してくれる、仏様のような人だ。

今もまた私物の詰まった荷物を持とうと手を伸ばしてくれたので、郁はあわてて軽い紙袋の方を差し出した。

「はい、お土産です。買ったの、有馬さんですけど」

「わ、こんにゃく。ありがとう、郁ちゃん。さっそく今夜煮るね。ところで有馬」

薫さんの目がすわって、声のトーンが一段下がる。

「お土産は、食べ物だけでしょうね？」

「……これだけだ」

美術品愛好家でもある有馬は旅先で一目惚れをすることが多く、美人な器や絵画、蒔《まき》絵《え》の小箱などをよくお持ち帰りしていたそうだ。

「こっそり焼き物なんぞ買って帰ってないから荷物を漁るな。というか、それ、秘書の領分越えてるだろ、プライバシーの侵害だっ」

「そういうセリフは自力で生活全般の管理ができるようになってから言うんだね。放っておいたら寝食も忘れて、美術品漬けのマグロになるくせに。ちゃんと社会人をしてくれないと、雇用されてる僕の給料にも影響が出るんだからっ」

薫さんは秘書だけど、有馬の元同級生でもあるので遠慮がない。

目利きの有馬が選ぶ品は当然お値段も高く、持ち帰っても飾るにも場所を取る。これ以上増やさないようにと、プライベートでも有馬を管理する薫さんに禁止令を出されているのだ。

薫さんの主張も無理はないと思う。何しろこの家はいたるところに美術品が置かれ、日常使いされているだけでなく、空き部屋がすでに三つ、専用コレクションルームと化している。管理も大変だし、何より不必要な物を買う時点でお金がもったいない。

「郁、助けろっ」

「この家の財布を握ってるのは、薫さんですから」

しがないバイトの居候には何も言えません。

有馬が、「ついでにたまったメールの確認をして」と薫さんに引っ張っていかれたので、郁はありがたく先に入浴させてもらうことにする。

お風呂は古めかしいこの家の物らしく、レトロなタイル張りだ。掃除が面倒だが、追い炊き機能はついているし、可愛いモザイクタイルはスペインのグエル公園などに代表されるガウディ建築っぽくて、郁は気に入っている。

「って、違うか。タイルの色遊び部分はジョセップさんの仕事だっけ」

ジュセップ・マリア・ジュジョール。色彩感覚に優れた、建築家ガウディの弟子であり協力者。今まで美術関連に縁のなかった郁だが、この家に来てからずいぶんと知識が増えた。いや、世界の見方が変わったというべきか。

今まで知らなかったいろいろなこと。近寄りがたい芸術が、意外と身近な物だと知った。例えば国の重要文化財。そんなたいそうな代物は博物館や寺院へ行かないと見ることもできないと思っていたのに、越後上布《えちごじょうふ》や結城紬《ゆうきつむぎ》など、重要無形文化財指定を受けた技法で織られた反物は、今でも普通に売られて日常使いをされているとか。二〇〇九年には映画フィルムも重文指定を受けたそうだ。

これらの芸術をつくった人はもうこの世にはいない。

なのにつくり出された品は残り、今も人々に愛され、使われている。

不思議な感じだ。作り手の心がまだこの世界に漂っているような。不思議すぎて……現実味が薄い。ちょこちょこ歩くつくも神といい、現実の世界からお伽話《とぎばなし》の国に迷い込んだアリスか白兎になった気分だ。ふわふわして落ち着かない。

落ち着かないといえばこの家もそうだ。ここで暮らし始めて半月になるのに、未だになじめない。温かなお風呂に、出迎えてくれる優しい人。望めば仕事も与えられる贅沢すぎる環境なのに。いや、贅沢すぎて現《うつつ》のことと思えないのか。

後にしてきた東京での暮らしと、今は遠い異国の両親の顔、それに妹の茅耶の屈託のない笑顔が脳裏に浮かぶ。もぞり、と、郁の心の陰で、何かが蠢《うごめ》いた。

「……学校、こんな時間から行きたくないな」

つぶやくと、郁はお行儀悪く湯船に沈みこんだ。

いつもより少しだけ長風呂をして、郁はタオルで髪をくるむと、急いで脱衣所を出た。有馬を待たせていたら大変だ。どこにいるのかと辺りをうかがうと、艶《つや》やかな腰板張りの廊下に、味噌汁を温めるいい匂いが漂っているのに気がついた。

誘われて台所に顔を出すと、行儀悪く食卓にノートパソコンを持ち込んだ有馬の前に、薫さんが涼し気な絣《かすり》のランチョンマットとお箸を並べているところだった。

「あ、郁ちゃん、徹夜明けだけど食欲ある？　朝ごはんっていうかもうお昼ごはんだけど、食べられる？」

「あ、もちろんいただきます。ありがとうございます」

謝意を返して、配膳を手伝う。食卓におかれた土鍋から熱い炊きたてご飯を豪快にしゃもじでよそって、盆におかれた汁椀を配る。薫さんがよそってくれたお味噌汁の具は蜆《しじみ》。いただきます、と手に取れば温かな湯気が喉をくすぐる。うまい。口腔内にふわりと広がる潮の香り。海の滋養が溶け出して、味噌の加減も絶妙だ。味噌汁のある国に生まれてよかった。しみじみ思う。

食卓には他にもシャキシャキお手製キュウリの浅漬けや、お取り寄せ逸品の海苔も並んでいる。空腹だったとはいえ、少し乗り物酔い気味だった体にこの塩分はたまらない。庭の菜園から採ったばかりの、夏らしいオクラのおかか和えも絶品だ。

薫さんは仕事ができるだけでなく、料理も野菜作りもうまいのだ。体の隅々まで染みわたる旨みと温もりが、ぼんやりしている頭を覚醒させてくれる。

「おい、このメールは何だ？」

つぷつぷ立った米をほおばっていると、仕事をしつつご飯をかきこみ始めた有馬が、薫さんにパソコン画面の一点を示した。つられて目をやって、見えてしまった画面には、『文化庁』『つくも神』『鑑定』の文字がある。古器旧物保存方の仕事依頼のようだ。

「なんでこれが予定表の方へ反映されてないんだ？　俺の分野外の依頼だったのか？」

「ああ、これ。ううん、有馬の守備範囲内だよ。物は陶器。江戸後期の立杭焼《たちくい》」

立杭焼なら聞いたことがある。確か県内の篠山《ささやま》近辺で焼かれている陶器だ。子供の頃、こちらに家族で泊まりに来た時に、祖父に陶器祭なる物につれていってもらったことがある。江戸の昔にタイムスリップしたような城下の街並みや酒蔵見学も楽しかったし、屋台で売られていた黒豆ソフトクリームや猪肉もおいしかった。

「ただ、これ、今日中に来てほしいって急な依頼でさ、断るつもりだったんだ。有馬がこんなに早く帰ってくるとは思わなかったのもあるけど、今日は僕、これから別件で業者と会うからついていけなくて。まあ、僕が一緒に行ってもつくも神は視えないし微妙なんだけど」

困り顔の薫さん。その肩には四角いお皿に手足と小さな頭が生えたつくも神がひとり陣取って、明日は俺に漬物を盛れとつんつん髪を引っ張っている。

が、薫さんはまったく気づいていない。

薫さんはつくも神に好かれていて彼らも姿を見てもらいたがっているし、薫さん本人も見たがっているのに、霊気の相性が悪くて視覚化できないそうだ。かろうじて本体の器だけは識別可能で、彼から見ると今もお皿だけが宙を浮く感じになっているらしい。

「えっと、手はこの辺かな？　ごめんね、かまってあげられなくて」

「薫さん、そこ、頭です」

薫さんは握手してつくも神をなだめているつもりだろうが、可愛い目のついた頭部分をつかんで思い切り首を捻じっている。不便な体質だ。

「要するに、新たに見つかったつくも神を登録のための審議にかける。そのための鑑定書をつくってくれという依頼だろう？　なら、別に俺ひとりでも大丈夫だぞ？」

有馬が答える。

それらの報告物すべてが無条件に、つくも神として認められるわけではない。

真実、つくも神が発現すれば、所有者は国に報告、登録する義務があるが、維持費の名目でそのつくも神に対して予算が発生、国民の税金が使われることになるので、その前に指定を受けるにふさわしい品か否かを審議されるのだ。

世にある国宝・重要文化財と同じだ。

国宝や重文といった品も、指定を受ける前に、いろいろな手順を経ている。大まかに言うと、まず、文化庁の調査官が候補となる品をリストアップ、文化庁内の審議会に提出する。そこから専門の調査会に調査を依頼、そのうえで指定の可否を検討するといった流れだが、つくも神も似たプロセスを通る。

つまり文化庁の担当員が、審議会が開かれる前に、真実つくも神であるかを鑑定して、器となる古器の状態、来歴、管理の現状などを記した鑑定書を作成、提出しなくてはならないのだ。今回は〝わけあり〟だったとかで、有馬のもとへ依頼が来たらしい。

「飛行機で寝たし、つくも神化する器は長らく人に愛された逸品が多い。間近で触って愛でるだけの価値がある。俺はかまわんぞ」

「有馬はそうだろうけど、そういう問題じゃなくて。ひとりで行かせるのは……」

薫さんが言葉を濁す。

つくも神は自由に動き回る分、さっきの博物館でのように対面の場を設けるため人手がいる時がある。昨夜は肝心の女神が姿を隠していたこともあり、視える郁が同行したが、普段は依頼人との交渉など大人の手続きもあるので薫さんが助手としてついていく。

と、いうのは表向き。

有馬をつくも神関連でひとりで行動をさせられないのにはわけがある。

昨夜、いい歳をした大人だというのに、ためらいもなく床に寝転んだことでもわかるように、有馬は美術品への愛が深い分、中立であるべき交渉人の立場を逸脱したり、人側の常識が見えなくなるほど夢中になることが多々ある。所有者を怒らせることなどざら。道の真ん中にしゃがみこんで、ダンプカーにはねられたこともあるらしい。一緒にいたつくも神が助けてくれたので軽傷で済んだそうだが、よく生きていたなと思う。

「外見だけなら、帰りの飛行機でもＣＡさんたちが競争でサービスしてくれたくらいなのに、つくづく残念な人ですね、有馬さんって」

「しかも自覚がないところがなんとも」

ぼそぼそと薫さんと同意しあう。だが困った。薫さんが動けないとなると、この家で稼働可能な人間は郁だけだ。有馬の頑として譲らないといった顔。このままではひとりでも依頼先へ行ってしまいそうだ。

（なるべくこの世界に関わりたくないけど、お世話になってるわけだしなあ……）

親の都合で姉妹だけの留守番が多かった幼少期、郁が無事成長できたのは親切なご近所さんのおかげだった。必要とする相手へのできる範囲での労力提供は人としての義務。何より風呂でいろいろ思い出してしまった。こんな気分のまま学校に行きたくない。

郁は挙手をした。

「私も行きます」

「え、でも郁ちゃん、学校」

「大丈夫です。今日、創立記念日だから」

微妙顔の有馬と薫さんに、きっぱりと言い切る。

「前の学校の方が授業、進むの早かったし、課題は空港で飛行機待つ間にやっちゃったし、今なら余裕ですから。それにお世話になってるんですから、これくらい」

「郁ちゃん、いつもそうやって気にしてくれるけど、うちはちゃんと国から下宿代の補助だってもらってるんだよ？」

「補助だけでしょう？　私の個人負担分はずっと安く、ほぼ無料にしてくれてるじゃないですか。安全にも気を配ってもらってるし」

左手の指輪を守るためとはいえ、常にＧＰＳで位置を確認、パネルタッチひとつで警備会社から警備員が飛んでくるアプリ入りスマホを持ち歩く女子高生はそうはいないだろう。

有馬が譲らないというなら、私だって譲らない。

目力を込めて訴えると、まず、有馬が折れた。

「……まあ、俺は使い走りができて助かるがな。そばにおいとけば、粗忽《そこつ》なお前が指輪に傷をつけていないかハラハラせずに済むし」

一言多い。そりゃ有馬からすれば不要の付き人かもしれないが。

「じゃあ、お願いしようかな……。郁ちゃん、有馬をよろしくね」

背に腹は代えられないと思ったのか、薫さんも折れた。「車で行ける距離のお宅なんだけど」とパソコンの添付書類を開け始める。

「問題のつくも神は遺品なんだ。最近、ひとり暮らしだった家主が亡くなって、遺族が家を整理しようと立ち入って遭遇したらしくて」

「なるほど。新たに発現したつくも神ではなく、亡くなった家主が届けを出してなかった、未登録品か。それは確かに少しややこしいかもな」

現在、国内のつくも神はすべて国に登録する義務があると説明したが。

つくも神の存在は公には秘密のため、所有していた古器がつくも神化してもどこにも相談せず、届け出もせずに所有し続ける、といった人もたまにいるのだ。

そういった人には『つくも神保護法』の内容やこれからの保護管理のしかたを一から説明しなければならない。その際に、彼らを管理するための設備を新たに整えないといけないこともあるらしく、渋る所有者を指導するのに手間がかかるらしい。

「でも、それだけなら所有が発覚した時点で各官公庁に配置されてる専門官が出向けば済む話で、普通はうちまで依頼はこないんだけど」

そこで薫さんが、目尻の垂れたラブラドールみたいな困った顔をする。

「つくも神って、神、って名前につくくらいだから、人にひどい悪さをしたりって例はあまり聞かないでしょ？　心優しい隣人って感じで」

でもね、と薫さんが続ける。

「今回の品はね、〝祟る〟らしいんだ、これが」

つくも神が、祟る？

のほほんとした彼らのイメージとのギャップに、郁は思わず目を瞬かせた。

2

「これから行くのは個人宅、品も昨日みたいな国宝ではない個人蔵だ。安心しろ、と言いたいところだが物の価値はプライスレス。気を抜くなよ」

「了解です」

喪中の家へ行くからと暗色のスーツに身を固めた有馬が、車のロックを解除する。

郁も、どんな場面でも礼を失することのない万能礼服、制服を再び着込んで、助手席に乗り込んだ。ちなみに車は今どき珍しいマニュアル車だ。「常に操作しないといけない車の方が、他のことに気をとられて事故ったりしなくていいでしょ」という薫さんチョイスらしい。

しばらく走るとエアコンもきいてきて、窓から見える景色が気持ちいい。

神戸の街は海岸線を東西に細長く開けている。線路や主な道も東西に走っていて、それらを境に、北を山側、南を海側と呼ぶこともある。山の緑と海の青。何より、山肌に沿う坂道が明確に南北を示す中、ほぼ碁盤目状に通りが延びて、方角に迷う心配のない、観光客には優しい街だ。

そして今回の出張先はそんな神戸の市街地を過ぎ、西に行ったところ。『源氏《げんじ》物語《ものがたり》』で有名な須磨《すま》の近く、塩屋《しおや》の高台にあるそうだ。

海沿いの道を行き、直角に折れて、再び山へと登っていく。すぐに店やビルがなくなり、山の緑と家ばかりになる。坂道を歩くのは大変そうだが、海に面した斜面に洋館が立ち並ぶさまはとてもおしゃれだ。神戸で異人館と言えば北野《きたの》や旧居留地などが有名だが、ここも負けてはいない。何しろここ塩屋のジェームス山は、〝異人さん〟であるジェームスさんが日本に滞在する同朋のためにつくった街なのだ。旧ジョネス邸に旧グッゲンハイム邸、旧塩屋異人館倶楽部と、異国情緒たっぷりだ。

「といっても、今回の依頼主は日本人だがな」

有馬が言って、依頼情報の入ったタブレットを渡してくれる。

画像を確認すると、問題のつくも神化した立杭焼はひとつではなくふたつ。対の徳利だった。

白地にひとつずつ鶴と亀が描かれた、そっくり同じ形、同じ大きさ。

並べるとそれぞれに描かれた鶴と亀が向かい合う。隅に描かれた岩の傾き具合といい、

松の枝ぶりといい、この徳利たちがセットで作られたのがよくわかる、調和のとれた意匠だ。でも、

「あれ、今回の品って、立杭焼じゃなかったんですか？」

郁は首を傾げた。

「この徳利、白いですよ。白地にこげ茶の絵がついてます」

「お前が想像している立杭焼は、全体が焦げ茶の表面がざらついてる器じゃないか？」

「あ、それです」

「それは釉薬《ゆうやく》をつけずに焼いた品だ」

立杭焼にもいろいろあるらしい。

俗に立杭焼と呼ばれる丹波《たんば》立杭焼は、日本六古窯のひとつ。起源は平安時代末期から鎌倉時代にかけて。江戸時代に入ってからは藩の保護を受けてさらに栄え、茶入れ、茶碗など、茶器の分野で多くの名器を産んだそうだ。

「今も焼き物の郷として多くの陶芸家が窯を築き、新しい作品を生み出している。灰が自然釉として付着することもあるが、温かみのある赤土の風合いが魅力だな」

対して、今回依頼の徳利たちは、製作過程で白い化粧土を塗布してあるそうだ。

「それで滑らかな白地になってるんだ。丹波の焼き物の歴史は長い。必ずしも同じ意匠

の器を造り続けるわけじゃない。狸《たぬき》の置物で有名な信楽《しがらき》焼も時代のニーズに合わせて火鉢や茶壺、鉄が不足した時代には地雷や手りゅう弾の外殻まで作ってたんだぞ。陶芸技術の歴史は人類の歴史だ。なめるなよ」

なぜか威張られた。教えてもらった立杭焼の画像サイトを、へえ、と言いつつ眺めていると、有馬が少しためらうようにして聞いてきた。

「前から思っていたが、お前は勉強熱心なわりにこういった品のことは知らないな。あまり好きではないのか？」

「いえ、そういうわけでは。今まで縁のない暮らしをしていただけで」

家にあった食器は百均レベル。休日に美術館へ行くような高尚な趣味もなかった。

「一般の高校生ならこんな物だと思いますよ。美術品なんて品を見るのは学校行事でお寺や博物館に行った時くらいで」

住む世界が違うというか。

「見て綺麗だとは感じますけど、高価な品はガラス越しに見る物と割り切って、好きとか嫌いとかまでは考えたことがないです」

「じゃあ、慣れていないだけか。ならお前はラッキーだぞ」

「え？」

「何しろこの業界、つくも神にかこつけて、普段なら一般公開を気長に待つしかない品でも、間近でじっくり見れるからな。交渉人冥利に尽きるという物だ」

「有馬さんて、本当にこういう品が好きなんですね……」

郁には一生かかっても身につかない感覚かもしれない。ただ、

「つくも神がすごく貴重な美術品だってことは今の話でわかりましたけど。じゃあ、逆に言うと今回の依頼のこれ、本当につくも神なんですか？」

画像の徳利たちを示す。

「何の変哲もない徳利に見えるんですけど。地味というか」

古そうだが、そこらの料理店で出てきても違和感がない実用品に見える。そう言うと、有馬がわくわくした顔で、「お、なかなか見所があるな、お前」と言ってきた。

「こいつはお前が言うとおり、装飾品ではなく、実用品として作られた物だ。つくも神化する古器は必ずしも美術的観点から価値ある品というわけではない」

「じゃあ、国宝とか、値段の高い物がつくも神化するわけじゃないんですね」

「ああ。俗に古器がつくも神化するには百年かかるという。大事に飾り、手入れしている品の方がその年月残りやすいだけだ。寺や博物館の重文クラスにつくも神が多いのはそのせいだ。古い実用品を現代まで保存するのは一般家庭では難しいからな」

「言われてみれば、実用品って普段使いですものね」

使用する頻度が高い分、壊れる率も高い。郁も幼児の頃に気に入りの傘があったが、小学校に入る頃には壊れて、泣きながら捨てていたように思う。

どんな物を美しいと感じるか、愛着を持つかは人それぞれ。物の価値はプライスレス。

あの傘も大事にしまっておけば、つくも神化したのだろうか。

「とはいえ百年待たずにつくも神化する器もあるしな。そもそもつくも神がなぜ、日本の土壌でしか発現しないかも謎なんだ。精霊崇拝、八百万《やおよろず》の神など多神教の民族性が背景にあるのではないかと思うが」

つくも神憑きの古器は、日本の領土から持ち出すと砕けて消えてしまう。だからつくも神憑き古器は海外持ち出し禁止にされているが、なぜそうなるかはわかっていない。

すべての物に魂が宿ると自然に受け入れる心がつくも神を育み、その存在を維持させているのではないかと言われているが、と有馬が難しい顔をする。

「想いは力になるという言葉があるだろう。未だ推論だが、つくも神はその器に蓄積した作り手の想いや所有者の熱意が混じり合い、自我を持つのではと言われている」

「想いが力になるなんて、アニメみたいですね」

「人の感情とは脳内に発生する電磁波の一種だ。それが強く放出された時に、偶然、そこにあった受け皿としての古器物内で増幅、蓄積され、さらにその場の湿度や磁気のバランスといった条件が重なり、疑似人格めいた物が構築されるのではという説もある」

「単語が変わっただけで、いきなり科学的になりました……」

「とにかく、つくも神の研究はまだ手探りなんだ。その存在が確認されたのが平安の昔として、そこからざっと千年。日本にscienceの概念が入ったのが明治とすれば、そこから百年。存在と研究の歴史の長さが違う。科学が跋扈《ばっこ》する前の時代では、精霊や神といった未知のモノは畏《おそ》れ敬う物だった。互いの領域を犯さないよう、つきあいかたを探ることはあっても、その存在を解明しようなどという不届き者はいなかった」

そんな不可侵な存在だったつくも神の立ち位置が変わったのは、近代に入ってからだという。

「いわゆる明治維新の文明開化だ。国を挙げての西欧化の波に、怪異は迷信とレッテルを張られ、駆逐された。つくも神暗黒時代の始まりだ。特に西洋人にはその存在を徹底して隠された。無知蒙昧《むちもうまい》な東洋人と侮られたくなかったのだろう」

その後、太平洋戦争中には軍事利用目的でつくも神を研究しようとする一派も出たが、すでに物資も困窮していた時代だ。活用するための予算も時間もなく終戦を迎えた。

「そしてＧＨＱが接収した邸《やしき》で彼らを発見し、つくも神は再び歴史の舞台へ戻ってくる」

ただし、それは新たな受難の始まりだった。

「つくも神は物でありながら生きている。諜報活動その他、これまた軍事目的に使えると、占領軍の管理下に置かれてな。今も政府が各方面に障りがあるとしている理由のひとつはこのせいだが、とにかく、この時点で強引に国外に持ち出してその存在を消滅させたり、研究のために器ごと壊されたりと、つくも神はかなり数を減らしたんだ」

その後、つくも神は日本政府の手に戻り、純粋に学術目的の研究チームも発足したが、公には秘密の存在なこともあり、予算が降りず、研究は進んでいないらしい。

「と、いうことで。科学的に説明をと言われると、俺も困る。そもそもつくも神は〝神〟だ。古い器物に魂が宿った、精霊信仰のひとつなんだ。現代世界に〝神〟と人が呼ぶモノは多くいるが、そのひとつでも正体が解き明かされた物があるか？」

「……ありませんね」

「だろう？　だいたい正体とは何だ。考古学でも科学の分野でも新たな発見があればそれまでの定説がすべて覆されるのは常識だ。わかったつもりになっていても、この世の真実とやらは、この世その物が消滅する時になっても謎のままかもしれないな」

意外だ。法令まであるから、もっとつくも神のことは研究されていると思ったのに。

「じゃあ、祟るというのは？」

「わからん。そんな事例、俺は聞いたことはない。が、さっきも言ったとおり、奴らの全容は明らかになっていない。祟らない確証がない限り、あり得ないとは言い切れん」

だから念のため、祟りがあるという前提で動くと有馬は言った。

「いつも以上に慎重に対せ。ただ……、俺個人としてはあいつらがそういうことをするとは思わない」

一転、有馬が優しい目になった。郁も同感だ。

彼らとは短いつきあいだが、元が壊れやすい器物だけに、人に危害を加える加害者というより、か弱い被害者のイメージの方が強い。

「それでも今回の相手はわざわざ人前に姿を現して、『祟る』と言ったそうだ。そこまで言うだけの何か、トラブルの源となる事柄か要求があるのだとは思うが」

「要求ですか……。祟りの原因の定番と言えば、人間が彼らの禁忌を侵した、とかですよね。お墓を壊したとか、禁足地に入ったとか。あとは……、供養してくれとか？」

「何の供養をするというんだ。幽霊と違ってつくも神は現在進行形で生きている」

それはそうだ。なら、どうして。さっぱりわからない。

「薫から聞いた話でもそこらは不明のままだった。急ぎの依頼で聞き取りがうまくいっていないのか、それとも」

有馬が難しい顔をして、一旦、言葉を切る。

「どちらにしろ鑑定には、真実、祟る能力があるか否かの調査も含まれる。元の所有者が故人で話が聞けない以上、遺されたつくも神たちから聞き取るしかない」

俺たちは交渉人だ。今までやってきたことと変わらない、と有馬は言った。

「中立の立場に立ち、相手と向かいあって話す。聞く。すべてはそこからだな」


最寄りのコインパーキングに車を止めて、依頼主である青山《あおやま》さんのお宅に向かう。

平和な住宅街の中にある、和風の平屋だ。家主は亡くなったということだが、無人になってまだ日がたっていないからか、南向きの庭も手入れが行き届いて気持ちがいい。

誰かのお土産なのか、素人の手作業とわかるモルタル留めで門柱に陶器のシーサーがつけてあるのも可愛らしい。でも、

（あれ？　三つもある）

普通は二個、神社の狛犬のように対でおかれるシーサーなのに、小ぶりの物がさらにひとつ、横に添えてある。変わっているが、親子みたいでこれはこれでいい。

呼び鈴を押すと、あわてたように四十代くらいの男性が、なぜか庭伝いに出てきた。

「どうも、お騒がせしまして」

故人のひとり息子で、今回、つくも神を含む父の遺産をすべて相続した青山さんだ。礼儀正しく名刺を差し出す青山さんは、庭で片付けでもしていたのか、髪や服が少し乱れている。が、真面目な感じのするおじさんだった。東京にある学校で教師をしていて、普段はあちら住まいだとか。今は後始末のためにこちらに滞在しているが、明日には東京に戻らないといけないらしい。

「それで今日なら会えると、遺言状やらを管理してくれていた父の弁護士に無理なお願いをしまして。父はずっとひとり暮らしで、だから終活というのですか？　死後のことは葬儀会社との契約から遺影の用意まですべて弁護士を通じて手配してたんです。だから私はこの家に立ち入ることもなく斎場に直行して。何しろ急なことでしたから」

青山さんの父、青山翁は開け放った縁側で倒れているところを配達に来たスーパーのドライバーが見つけて、救急車を呼んだそうだ。そしてそのまま病院で亡くなった。

連絡先として、弁護士の名刺が固定電話に張り付けてあったので、それを見た警察が電話、息子の青山さんまで連絡が来たのだとか。

「無登録の品だったそうですね」

「はい、父はつくも神を所有するには届け出が必要と知らなかったらしくて」

　葬儀が済んだあと、遺産相続の手続きのために弁護士から渡された遺言状に、記述があったそうだ。その際に青山さんは弁護士からつくも神の説明を受けたという。

「弁護士業は相続関係でつくも神と関わることの多い業種ですから。開業時に文化庁から説明を受け、職務上の守秘義務も結んでいますからね。例えば悪いが、盗品が持ち込まれることもある古物商や、虐待の痣《あざ》や銃創の通報の義務がある医師と同じです」

「だそうですね。驚きましたよ。そんなお伽話みたいな物、聞いたこともなかったから。父がおかしくなったのかとも思ったんですが、弁護士に、存在する、確かめて来てくれと言われて、半信半疑でここに来たら、あれが縁側に立っていて」

　で、いきなり、祟ってやる、と言われて青山さんはそのまま気絶してしまったそうだ。

「気がついてから弁護士にいろいろ連絡をお願いしたのだけど、なぜあんな物を父が持っていたのか。骨董趣味があった記憶はないし、旧家の整理の時には結構あると言われたが、うちはそんな由緒ある物持ちの家じゃないんだが」

　遺言状には『徳利たちを頼む』とはあったが、来歴などは書かれていなかったらしい。

　そもそも青山さんの両親は離婚こそしなかったが完全別居状態で、青山さんは小学生の頃、母親とこの家を出て以来三十年以上、父親とは会っていないという。

「だから家の中がどうなっているか、他にもあんな気持ち悪い物があるかもわからないんです。職場も長く休めないし、女房だって仕事と子供の世話があってこっちに来れないし。早く整理して東京に戻らないといけないのに、中にも入れませんよ」

「祟ると言ったそうですが、何か原因に思い当たる節はありますか？」

「父は厳しい人で、そのせいで恨んでるんじゃないかと」

いわゆる仕事人間で、家庭を顧みない冷たい人だったという。

「もう亡くなった母も耐えきれず、私を連れて千葉の実家に帰ったくらいですからね。幼い頃の記憶しかありませんが、あの人ならそれくらいやりそうです」

親を語るにしては口調が冷たい。

「だからって恨みを私に向けられても困ります。祟るなら父だけを祟ってくれと言いたいですよ」

青山さんのこの口調、郁でもわかる。この人はつくも神に興味がない人だ。父の遺品に愛着もない。嫌な予感がする。遺されたつくも神のためだろう、有馬がそっと尋ねた。

「ところで、あなた自身に骨董品蒐集の趣味は？」

「あるわけないでしょう」

青山さんが笑って手を振る。

「共稼ぎの公務員ですよ？　子供だって小さいし、マンションのローンだってある。そんな物を買う金があれば家族で旅行でもしてますよ」

万事休す。つくも神の鑑定をするのはいいが、その後、青山さんに彼らを保護する気はあるのだろうか。有馬が苦虫を噛み潰したような顔をした。

問題のつくも神は、青山さんが遭遇した時のまま家の中にいるらしい。

「こちらです。いっさい手は付けてません。まだ同じ場所にいるならいいが……」

青山さんに案内されて、突き当りの飾り棚にこれまた三個の赤べこが飾られた廊下を過ぎ、庭に面しているのであろう、広縁付きの和室に入る。

（わ、むちゃくちゃ）

青山翁が発見された時は開いていたという広縁の雨戸は閉められているが、室内は襖はやぶれ、照明の笠は砕け、なぜか傘やゴルフクラブが転がっている。暴風雨が来たような荒れ様だ。

「……これ、泥棒でも入ったんですか」

「そんなことより肝心の品は？　無事か！」

あまりの惨状に身をすくませる郁とは反対に、有馬がわき目もふらず室内に駆け込み、つくも神を探す。その室内の奥、縁側に。

もし雨戸が開いていれば庭を眺める絶好のビューポイントに、大きな四角い盆と、その上になぜか丸い小さめの盆が二枚重ねにおかれていて、そのさらに上に。

ちょこんと二本の徳利が並んでいた。

大きさは縦三十センチくらい。青山翁が撮影し、遺言状に添付していたという画像で見たとおりの、白地に茶の絵の、注ぎ口が細くしまった酒瓶だ。ただの器ではない証に、その胴部には細い手足が生え、盆の上で腕を組み、あぐらをかいている。それと、細くなった徳利の口部分についた、ふたつの丸い目。

まごうことなき、つくも神だ。

なぜか酒の香りが濃く漂う中、真剣な面持ちでふたり、いや、二柱で話でもしていたのか。襖の開く音で、互いに向けていた目が驚いたようにこちらに向けられた。

目が合う。とたんに郁は胸を押さえて身をかがめた。

『怖イ』

『寂シイ、寂シイ、寂シイ……』

また、同調した。左手の指輪が熱を発している。郁は自分にとり憑いた指輪のせいで、近くにいる他のつくも神の感情を自分の物として取り込んでしまうのだ。

指輪を起点に流れ込んでくるのは、胸が締め付けられるような恐怖と孤独、それに不安。これは今、この徳利たちが抱いている感情だ。郁は直感した。

（そして、きっとこれが〝祟り〟の原因だ……）

あまりの苦しさ切なさに、郁が思わず床に膝をつきそうになった時だった。

徳利の表面から目が消えた。ピュッと手足も引っ込む。

同時に郁に流れ込む感情も、ふっ、と、途絶える。徳利たちはつくも神としての心を閉ざし、ただの古器に戻ったらしい。何の変哲もない徳利がふたつ、その場に、ころん、と転がる。わずかだが飛沫が散った。中身が入ったままになっていたらしい。

「亀か」

有馬が突っ込んだ。祟るというわりに反応が可愛いというか、なんというか。

「……これは話し合う気がないというストライキ的な意思表示でしょうか」

「単にシャイなだけの可能性もあるが。まあ、おかげでよく鑑賞……いや、観察できる」

うわずった声にぎょっとする。おそるおそる傍らの長身を振り仰ぐと、依頼人の前だというのに有馬が興奮に震える手を徳利たちに向かって伸ばすところだった。

「だ、駄目ですよ、有馬さんっ」

郁はあわててその体を押さえて止める。

「相手は祟り持ちかもしれないから慎重にと言ったのは誰ですか。触って愛でるのはあと、まずは双方から話を聞かないとっ」

「わかっている。くっ、だが興奮せずにいられるか。つくも神化したのなら、年を経た品ということだぞ？　なのに隣には盃も転がって酒の匂いがする、つまり現在進行形で日常使いをされていたんだ。それがどれだけ稀有なことか。耐久性だけでなく見た目も素晴らしい。こういった絵入りの器は写実的に描かれた鶴が絵師円山応挙《まるやまおうきょ》の図に似ていることから、俗に『応挙徳利』と呼ばれ……」

「好事家から見ればお宝でも、知らない人から見ればただの古道具です」

誰もが目利きではないことにいい加減気づいてほしい。

なのに有馬はかぶりつきだ。目を爛々《らんらん》と光らせた様は美術オタクを通り越してまさに変態。青山さんが完全にひいている。

「お、おい、大丈夫なんだろうな、この男は」

「えっと、その、うちの有馬はこうして相手にどれだけ愛しているかを伝えて、信頼感をもってもらうんです。会話のとっかかりというか。決してつくも神に夢中になって、中立であるべき立場を忘れているわけではありませんので」

嘘を言っているわけではない。有馬に任せておけば相手はすぐ愚痴を吐き出す。同じつくも神でも、『土偶の女神』が自由に動けても言葉を発することができなかったように、人間と話す能力のないつくも神もいる。有馬はそんな話せないつくも神とも会話を成立させることのできる稀有な人間だ。

なかなか人に物を言う機会のないつくも神たちは、一度、壁を取っ払うとおしゃべりになることが多い。そのうえ今回は「祟ってやる」とすでに人と話した実績がある、会話能力に問題のない相手だ。楽勝だろう。

「と、いうことで、これからこの徳利たちに聞き取りを始めます。知らない人間が複数いると彼らも話しにくいので、私と一緒に少し席を外していただけますか」

「は？」

青山さんの眼が怪訝そうに細められた。

「ちょっと待ってくれ。君たちはあれを何とかしに来たんだろう？」

「はい。ですから調査を始めるので、席を外してくださいませんか、と」

「調査？　いったい何のことだ。君たちはあれを退治に来たんじゃないのか」

はい？　郁は目を丸くした。話が食い違う。

「待ってください、退治って何ですか。私たちは交渉人、あ、いえ、今回は鑑定人として呼ばれました。彼らと話して、審議会へ提出する鑑定書をつくるために」

「何？　そんなこと私は頼んでないぞ。というか、話って、こいつらは話せるのか⁉」

「え？」

郁は面食らった。「こいつらは話せるのか」とはどういうことだ。祟ってやると言ったと、最初に言ったのはこの人だろう。

首を傾げると、青山さんがあわてたように先ほどの発言を否定した。

「あ、いや、確かにこいつらは話せるが。私はこいつらを駆除してくれると聞いたから弁護士に文化庁への連絡を頼んだんだ。話を聞く？　そんな常識が通じる相手か。こいつらは危険物なんだ。他にもこういった妙な物がないか、家の中を確認してもらえたら、あとは建物ごと重機でつぶしてもいいくらいで。見ろ、これを！」

言って、青山さんが服の袖をめくる。郁は息をのんだ。

差し出された腕には、青々とした、ついたばかりの打撲の跡があったのだ。

「……つい数時間前のことだ。文化庁から人が来ると聞いたから雨戸でも開けようかとここへ来て。そうしたらいきなり襲いかかってきたんだ。出ていけ、と言ってな」

部屋が荒れていたのは、徳利たちが暴れたからだったらしい。

結局、つくも神保護法のことを説明し、必要なことなのでと法をかざして、青山さんには席を外してもらった。青山さんはまったく納得せず、道理のわかる他の担当者を呼べと頑なだったが、今日中に済ませなくてはならない他の用事があったようで、「すぐ戻るから、留守中、余計なことはするんじゃないぞ」と、しぶしぶ出かけていった。

「何というか、認識のずれがありますね。私が言うのもなんですけど」

青山さんを見送って有馬のもとへ戻ると、彼は相変わらず徳利たちを前に腕を組んでいた。

「文化庁から来たのはつくも神登録のための鑑定依頼でしたけど、青山さんは完全にこちらをつくも神排除の始末屋扱いしてますよ」

「伝言ゲームだな。人は思い込みで聞いた言葉を取捨選択する生き物だ。間に立った弁護士も、青山氏にわかりやすいように脚色して、こうなったんだろう」

「でも。だからって退治ってことはないと思うんですけど」

こういった怪奇現象に慣れない人なら、つくも神だ、古美術だ、と有馬のようには喜べないだろう。その気持ちはわかる。郁も最初に見た時は思考がフリーズした。だが疎遠だったとはいえ親の遺品で、わざわざ遺言状に『頼む』と書かれた品だろうに。

と、有馬が立ち上がり、部屋を出た。襖を閉め、郁の背を押して玄関まで移動する。

徳利から十分距離を取ったことを確かめてから、彼は押し殺した声で吠え始めた。

「な、な、お前もそう思うよな！　何だ、あの男は。江戸後期の品だぞ。貴重なつくも神だぞ。百歩譲って日常使いするのはいい。美術品とはいえ食器なんだ。使って愛でるという考えはわかる。だがいくらその存在を知らなかったとはいえ、父親が病院に運ばれたあとも酒は入れっぱなし、埃も積もりっぱなし、脆い古器を手入れもせず放っておく、あげくは骨董品に興味はない、家ごと重機で壊すだと？　それでは徳利たちも暴れたくなる。あんな男に所有者の資格があると思うか？　いや、ない！」

「そこは私もほぼ同意ですけど、落ち着いて。交渉人が興奮して所有者を悪く言えば徳利たちに悪印象を与えるんじゃないですか。ますますこじれますよ」

「落ち着いているさ、だからこそ距離をおいて小声で吠えているだろう」

「あ、一応、気を遣っていたんですね」

拳を握り締めた彼の顔は怒りで満ちていた。いや、そこは骨董品の扱いかた云々ではなく、父親の遺産に興味がない息子の薄情さに怒るべきだろう。前から思っていたが、この人は自分向きのこの家職がなかったら、絶対、社会不適合者だ。

「有馬さん？」

「すまん。ちょっとこの国の美術品保護の未来を憂えていたのでな」

「嘘。絶対、青山さん相手に映像にしたら放映禁止になるような制裁妄想を繰り広げてたでしょう」

そう言いつつ、彼は珍しく攻めあぐねているようだ。青山さんが部屋を出てからも、徳利たちが一言もしゃべらないのだという。

「俺のことを敵と思い込んでいるのか、頑なでな」

「まあ、青山さんがあれだけ大きな声で退治とか言ってましたからね」

有馬が眉間をおさえながら、低くつぶやいた。

「実はな、ひびができていた」

「ひび、ですか？」

「あいつら二本とも、中身が滲み出すほどの割れ目が側面についている。中身がこぼれる前から酒の匂いが濃かったのはそれでだ。しかもあの断面の具合、昨日今日についた傷じゃない」

「……古い傷って。じゃあ、もしかして青山翁の、家庭内暴力？」

青山さんの冷たい口調を思い出す。妻に愛想を尽かされるほど偏屈だった男が日常的につくも神たちに当たり散らして。それにずっと耐えていた徳利たちが、新しい所有者の登場に、また痛い目にあわされるのは嫌だと暴れたのだろうか。祟ってやると言って。

郁はあわてて最初に同調した彼らの、『怖イ』という想いを有馬に伝えた。

「もしかして、自分が壊されると思い込んで抵抗したのではないですか？　元の所有者の青山翁は保護法を知らなかったのですし、当然、彼らも政府に保護してもらえることを知らないでしょうし。可能性はあります」

さっき、青山さんが外出する前に、解決の糸口になるかもと、許可を得て弁護士に遺言状のつくも神について書かれた部分を画像に撮って送ってもらった。そこには徳利たちを頼む、と書かれた他に、どこで買ったなどの来歴はなかったが、『驚かないでくれ。これらは生きているんだ。ある日、突然、動きだした』と、書かれていた。

あの徳利たちはただの骨董品としてこの家に来て、日常使いされているうちにつくも神として発現したらしい。なら、彼らは生まれてまだ数年、何も知らない赤ん坊と変わらない。人は青山翁のことしか知らないし、他の人間を怖がるのも当たり前だ。

有馬がかっと眼を見開いた。

「よし、逮捕状を請求しろ。家庭内暴力で逮捕だ」

「誰をですか、相手は故人です」

そもそもあのひびがいつのものかもわからない。遺言状を見ると、『頼む』とも書かれているし、動きだした彼らを気遣っているようにも見える。なら、徳利が傷を負わされたのはつくも神化の前の可能性が高い。するとその頃の徳利たちはただの陶器、物だ。自分の物を壊そうがどうしようが所有者の勝手、保護義務は発生しない。

「ちっ、どうして法律は人間有利に作ってあるんだ」

「そりゃまあ、法律は人間が作った物ですし」

「正義はどこへ行った。だいたいつくも神はその名のとおり〝神〟なんだ。そんなあいつらが不満を持つなど、人間の方に問題があるに決まっている」

「出ましたね。公平かつ中立の立場であるべき交渉人が言ってはいけないセリフが」

だが、ひびというのは深刻だ。早く修理を受けられるよう説得しないと。器が壊れたらつくも神も消えてしまう。

「有馬さん、昨日は話し合わなくても『土偶の女神』が求める物がわかりましたよね。同じようにはいかないんですか」

「面と向かって話したわけではないが、彼女の場合は映像記録があったからな。それに来歴もわかっていた」

残念ながら俺にはお前のように彼らに同調できる力はない、と有馬が言った。

「俺が汲み取れるのは、作者や所有者が器物に何を込めたか、だ」

絵画に作者の個性が出るように。積み木ひとつ、家ひとつを取ってもそれをつくる際に携わった人の想いが、創造物には反映されるそうだ。そしてそれは親が子に与える遺伝子のように、生まれるつくも神に影響を与える。

「ある意味、数式と同じだな。因があって果がある。ただ同じ式でも携わる要素が増えればその分、複雑になり、解くのが難しくなる」

その点、『土偶の女神』は古代、祭壇に祀られていた期間をのぞいて土中にあった。作り手の想いが他の想いにまぎれず残った。発掘後も特定の所有者の物になるのではなく、誰か個人の影響を強く受けることもなかった。それでわかりやすかったのだという。

「つくも神の発現はゆっくりで。人が母の胎内でまどろむように、半覚醒状態で周囲を探り、新たに生まれる世界の情報を得る。そして己を形作ると言われている」

この時点で、話せる、話せないなどの能力差も生まれるのだと思う、と有馬が言った。

「『土偶の女神』は特定の所有者がいずとも学芸員たちの愛に包まれていた。声を発せずとも困らなかった。だから声を出す機能がつかなかったのかもしれない」

彼女はつくも神として覚醒したあとも長らく動くことはなかっただろう？　と問いかけられた。

「必要なかったからだ。それが、外に出たい、そう願った時に初めて足が動いた。必要だから異能が生まれた。つくも神の多くが人の赤ん坊とは違い、助けを求める声でなく、自由に動ける手足を先に得るのは、歳を経て脆くなった己の器を守るためかもしれない」

少なくとも手足があれば逃げることができる。理不尽な所有者の手から。

「じゃあ、来歴がわからないあの徳利も？」

「まだ口を開いてもらえないから断定はできないが。乱暴に扱われていた可能性もある」

愛ではなく。自ら動かなくては壊されるという恐怖のもと、彼らが生まれたのなら。

「神としての心も歪むという物だ。頑ななのも無理はない。今のあいつらは自分を守るので手いっぱいの手負いの獣状態なんだ」

有馬の顔が険しい。人が信用に足る存在だと知ってもらわないと、守りたくとも身を任せてはもらえない。口さえきいてくれない今の彼らにどうすれば近づけるのか。

「外堀から埋めるか」

有馬が息を吐いた。

「俺はここで彼らが口を割るのを待ちつつ、もう少し青山翁の弁護士とやらに、詳しい事情を聞いてみる。とりあえず、あれだ。郁、お前はあれをしとけ」

「すみません。あれ、だけじゃ大雑把すぎてわかりません」

つくも神鑑定に慣れた薫さんや綾音さんなら理解できるかもだが、郁には無理だ。

「有馬さん、蘊蓄を語る時は饒舌なのに、どうして実務連絡は言葉足らずなんです？」

山形の時は綾音さんが通訳してくれた。が、今、ここに彼女はいない。一緒に仕事をするのにこれでは困る。そのうち文意を取り違えて失敗する。理解力もこの分野の知識もない自分をさらけだすのは情けないが、ここははっきり聞いた方がいい。

眼力込めて見上げると、有馬が折れた。あー、とうなりながらも説明し始める。

「……俺はこのままここで待機する。お前は付近の住人を捕まえて、青山翁の人柄を探ってくれ。もしかしたらその中にこいつらの態度を軟化できる糸口があるかもしれん」

「了解です」

この様子では長丁場になりそうだ。青山邸は幸い水道も電気も止められていない。が、喉が渇いたからと人様の家の冷蔵庫を漁るわけにもいかない。ついでに飲み物や食料も調達してきた方がいいかもしれない。

郁はそう提案すると、有馬から彼の財布を預かって、青山邸を後にした。

3

外に出ると、肌に痛いほどの日差しが襲いかかってくる。

数時間前に有馬の家から見たのと同じ瀬戸内海が、角度を変えて坂の下に広がっている。ここからなら淡路島へとつながる明石海峡大橋まで見えそうだ。

神戸は市としてみるとかなり広い。産業も多彩だ。海沿いの市街地だけでなく、北には田園地帯が広がり、神戸牛というブランド名でもわかるように畜産も盛んだ。海沿いをたどれば日本で唯一の潜水艦ドックのある造船所もあり、さらには真珠を選別するための集積所としても有名だ。海から照り返す陽光が、輝きを見極めるのによいそうだ。

そんなわけで。満ちる日差しは夏も終わったというのに眩《まばゆ》く、凶暴だ。

日傘か帽子が欲しいと思いつつ、スマホの地図で最寄りのコンビニを探しながら歩いていると、中学生だろうか。制服姿の女子の一団とすれ違った。「お腹すいた」「ケーキ食べたい」と、楽しげに地元ケーキ店の話をする声がする。

神戸はケーキの街でもある。おいしい店がたくさんある。

それにしても学校帰りの子たちとすれ違うのは落ち着かない。

(ま、学校さぼったから、後ろめたいの当たり前なんだけど)

創立記念日なんて嘘だ。たぶん薫さんも気づいている。もう何度もこの口実を使っているから。

なのに何も言わないのは、薫さんの気遣いだろう。郁が自分で解決するか、手助けがいる時には声にできると、対等な大人扱いをしてくれているから。

その信頼と距離感が嬉しく、同時に重い。

そこまで自分が大人ではないことを知っているから。現に今もあまり戦力になっていない自分に落ち込んで、ここに来る前のことを思い出している。心の底に閉じ込めたつもりの、嫌な自分が出てきているから。

有馬のもとへ来る前の郁は引っ越し続きで、一か所に定住するということがなかった。慣れたと思うとまた次へ。郁が人との距離の取りかたがへたなのはこの頃の環境による物だろう。だが郁が中学三年生になった頃のことだった。母が、「そういえば郁は大学受験するのが夢だったわね。茅耶も中学生になるんだし、ちゃんと勉強できるように、高校の三年間くらいはどこかに落ち着こうか」と言ってくれたのだ。

自分の夢を母が覚えていてくれた。それが嬉しくて、郁は今まで以上に勉強した。希望の公立校にも合格して、バイトも見つかり受験費用その他も作れそうだった。友達を作ることもできたし、郁の未来は順風満帆だった。

なのに、入学して二か月もしないうちに、父が言いだしたのだ。

「郁、茅耶、皆でペルーに引っ越さないか？　古代シヌー文化の黄金ジェットって知ってるかい？　父さん、今度こそオーパーツの謎を解明してみせるよ」

研究のための海外移住だ。最短で三年間。もちろん母も一緒に行くと言う。妹の茅耶も帰国子女になれるなんてかっこいいと前向きだ。

三人とも物怖じしない性格だ。すぐ現地になじむだろう。だが郁は？　受験の夢は？　まだ中一の茅耶はいい。帰国してからでも取り戻せる。だが高一の郁に三年の空白はきつい。我が家の経済状況ではバイトをしても浪人も私立受験も無理だ。

「……ごめん、私、残る。自力で学費とか何とかするから」

考えた末、郁は言った。必死だった。ところがそんな郁に母が言ったのだ。困惑顔で。

「郁ったら、パパの夢を応援してくれてるんじゃなかったの」と。

聞いて郁は唖然とした。え？　と。それから思わず後ずさった。

今までずっと目を背けていた、家での自分の立ち位置が見えてしまったから。

家族が郁に向けた顔は、なぜ、黙っているべき郁がいきなり口を挟むのかという、驚きと非難の表情だった。「引っ越さないか？」と尋ねてはいても最初から郁は員数外、希望や意見などは求められていなかった。東京定住はたまたま皆がそんな気分になっていただけで。

確かに郁は影が薄い。茅耶のように人好きもしない。だが家族が好きで、輪に入りたかった。だから夢が生まれた。そんな郁の想いは伝わっていると思っていたのに。

それだけではなかった。問題はそのあとに来た。

無性に寂しくなって、意地になった郁は家族相手に初めてわがままを言った。意見を通して、東京の叔母宅に居候させてもらうことにしたのだ。

叔母宅からなら入ったばかりの高校にも通える。

なのにいざ引っ越しの準備を始めると、今度は妹の茅耶が言いだした。

「わあ、可愛い部屋。いいな、私も残りたい」と。

そして、それから——。

ため息をついたところで、スマホに着信が入った。

『郁ちゃん？』

「綾音さん……」

スマホ越しの声は、優しくて頼もしい姉御の物だった。

『庁に定時連絡を入れたら、有馬に依頼が行ったって聞いて。あわてて薫に連絡を取ったら、郁ちゃんも一緒に行ったって言うんだもの。徹夜だったのに大丈夫？』

タイミングが悪い。親身に気遣う声に、郁はいそいで目をこする。互いの顔を見ることができない電話でよかった。

『……郁ちゃん、本当に大丈夫なの？　声に元気がないけど、大人相手に気を遣わなくていいのよ？』

だがそんな郁の取り繕いなど、できる綾音さんは簡単に看破してしまう。

『高校生なんてまだ成人前のぴちぴちなんだから。未成年でいられるうちに大人に甘える権利行使しときなさい。何？　また有馬が郁ちゃんを無神経に振り回してるの？』

テンポの良い言葉が気持ちいい。綾音さんは薫さんと同じく有馬とはただの仕事仲間ではなく、古なじみだ。だから遠慮がない。それに郁がこんな状態になり、扱いをどうするかと文化庁のお偉いさんたちが揉めた時も、堂々と立ち向かって、普通の生活をもぎ取ってくれた優しい人だ。だから、

「……大丈夫です。有馬さんは関係ありません。ちょっと落ち込んでるのは、別件で」

郁もつい弱音をこぼしてしまう。

『本当？　無理しなくていいのよ？　あとで私からガツンと有馬に言っとくし』

「本当に大丈夫です。元気がないのはいろいろ思い出しちゃったというか。有馬さんについてきても、薫さんと違って知識もないし空回りな感じが家族といた時と変わってないなって。まあ、最初から使い走りって言われてましたけど」

『何言ってるの。それってつまり使い走りの役に立ってるってことでしょ』

郁の弱気を、綾音さんがさばさばと切って捨てた。

『有馬はあのとおり人を気遣う言葉なんか考えられない馬鹿だから。思ってもいない励ましとかは言えないの。助かるって言ったならそれは言葉どおり助かるってこと。だいたい、昨日のアレが解決したのだって、郁ちゃんのおかげじゃない』

「え？　えっと通せんぼのことですか」

『それじゃなくて。最初に女神様が入れられてたケースを見た時』

言われて、あわてて記憶を探る。

『初めてあのケースを見た時、郁ちゃん、「こんなところにずっと立ってたんですか」って眉を顰めてたじゃない。自分なら嫌だって』

「……あれ、ですか？」

あんなささいなことが？　信じられなくて問い返すと、綾音さんが笑った。

『郁ちゃん、知識がないって言ったけど、だからいいんじゃない。真っ白だから。私も薫もこの業界が長いから。ついつい心とかソフト部分は置き去りにして、つくも神の不満なんかは設備とかハード面にあると思いこんじゃうのよ』

あなたみたいに素直に相手に同調できないの、と綾音さんが言った。

『それに郁ちゃん、苦手なファンタジー相手なのに、嫌とか言わずに真面目に仕事してくれるでしょ。そこらへん、有馬もわかってるわ。だからちゃんと話だって聞いてる』

そういえばあの時の有馬は、何を馬鹿なことをとあきれなかった。考え込んで、モニターをじっくり見て。……あれは郁の言葉を検討したから？

『だいたいあの有馬がそばにいていいって言う人間って貴重なのよ？　郁ちゃんのことは自分から保護者役を買って出たし、助手にもした。だから郁ちゃんは必要。胸張っていいわよ。ま、私も最初はひとりっ子でペットすら飼ったことのない有馬が、一時的にとはいえ郁ちゃん引き取るの不安だったんだけどね』

だけどそれなりにあいつも気を遣ってるのよ、と綾音さんが笑う。

『あいつったらこの前、ひとりでこっそり育児書なんか読んでるの。笑っちゃうわよね。

有馬って私と同じ歳のくせしてメンタル子供だし、運動不足ですぐ息切れしちゃうし。頼りないのはわかるけど。それでもあいつはあいつなりに郁ちゃんの保護者やることに責任は感じてるし、努力はしてるから。郁ちゃんも長い目で見てやって』

……綾音さんはやっぱりできる人だ。

明るい励ましは、郁に十分、力をくれた。通話を切って、おし、と気合を入れる。自虐ループにはまってる暇なんかない。今、現実問題として郁が前にしているのはこの一件。そして有馬は使い走りとして信頼してくれている。なら頑張らねば。

郁はコンビニに行くと片っ端から食料を仕入れた。店を出て再び坂道を上る。

時刻は午後の四時。日差しも少し和らいで、犬の散歩をしている人や買い物帰りの主婦がちらほら見えはじめている。絶好の聞き込みタイムだ。早く青山邸まで戻らないと。

郁は足を速める。それにしても、

(地味に坂道がきついというか)

下りは気にならなかったが、車がないと不便な土地だ。だが青山邸に車はなかった気がする。青山さんが処分したのだろうか。いや、もともとないのだろう。ガレージ自体なかった気がする。すると買い物はどうしていたのだろう。

「そういえば青山さん、お父さんはスーパーの配達の人に発見されたって……」

どこのスーパーだったのだろう。電話したら話を聞けるだろうか。考えつつ青山邸まで戻ってくると、うまい具合に青山邸の隣家に、街でよく見かける個別宅配のトラックが止まっていた。荷下ろしをしている配達人がいたので駆け寄って聞いてみる。

「ああ。見つけたの俺だけど」

ビンゴだ。話していると隣家の奥さんも荷物を取りに現れて、こちらからも話を聞けた。こういう時、身分を保証してくれる制服は便利だ。

青山家の整理に来た関係者だが、青山翁には会ったことがないので、どんな人だったか知りたいと言うと、親戚と勘違いでもされたのか、いろいろ教えてくれた。

「うーん、お身内を前にして言うのもなんだけど。人づきあいのない人だったわね。仕事人間タイプっていうのかしら。町内会の役員とかはきっちりしてくださるかただったけど、こう、無口で、打ち解けにくくてちょっと怖かったわね」

あれじゃ息子さんが帰ってこないのも当然よと言われた。やはり評判が芳しくない。

「あ、でも、風流なところもあったわね」

「風流？」

「一度、回覧板を持って行った時に笑い声がして。珍しいなって庭の方を見たら、縁側にひとり座ってお酒を飲んでるのよ。携帯で誰かと話してるのかと思ったら、独り言。

酔ってたのか前に置いた徳利に話しかけててね。あんな人でも寂しかったのかしら」

「まあ、ずっとひとりじゃなあ」

個別宅配の配達人も、口を挟みつつ伝票を差し出す。

「確かに気難しいとこあったけどあの歳の男性にしちゃ食材とか花苗とかいろいろ購入いただいてたし。家庭的っていうか家の世話とかまめっぽかったから、根は優しい人だったと思うんですけどね。この庭も手入れする人がいなくて荒れちゃいますね」

息子さんしばらく戻ってこれないんでしょ、と言う配達人に、「それがねえ」と隣家の奥さんが伝票にサインをしつつ眉をひそめる。

「昨日、挨拶に見えたから息子さんに聞いてみたのよ。そしたらここは売るって言うの。もう東京にマンションを買いましたし、あちらでの生活もありますからって」

建物は古すぎて価値がないので更地にして分割し、宅地として売るそうだ。この庭も、青山翁が酒を徳利と酌み交わしていたという縁側も当然なくなる。跡形もなく。

なんとなく、もったいないと思った。人に愛されていた、歳を経た物が壊されるのは。

そんなふうに感傷的になるのはつくも神に毒されているのだろうか。でも、

（あれ？　それって、ちょっと待って？）

聞いた会話に、今までに見聞きした光景が引っかかる。ひとり、徳利に話しかけてい

た青山翁。三つずつの置物。生まれたばかりのつくも神。寂シイ、という言葉。

（もしかして……）


急いで青山邸へ戻ると、有馬が玄関先で待っていた。

「遅い。道に迷ったかと思ったぞ。三十分に一度くらいは連絡を入れろ」

言うなり、郁が持つビニール袋に手を伸ばす。無造作に取り出したのは紙パックのコーヒー牛乳だ。ラベルも確かめず、腰に手を当て一気飲みだ。銭湯か。

「甘い！」

「そりゃ、コーヒー牛乳だし」

郁が自分用に買った物だが、普通、飲む前に気づくと思う。

「はい、お茶。有馬さんって中身は子供っぽいのに、甘い物は駄目なんですね」

「子供っぽいとはなんだ。まだ十代のガキに言われたくない」

その十代のガキと同レベルで言い合う時点で子供だと思う。口直しにお茶に口をつけた有馬が、さらに顔をしかめてキャップをしめる。

「駄目だ。口に残った甘味でますます変な味になる」

「味消しに辛い系食べます？」

「お前はどうしてこう余計な物を買ってくる。いるのか、おにぎりが、唐揚げが！」

「お昼ご飯もそこそこに済ませて飛び出したから、お腹すいてると思って」

文句を言いつつもやけになったように食べ始めたのを見ると、有馬はまだ徳利たちと意思の疎通ができていないのだろう。郁も唐揚げを一個、ぽんと口に放りこむ。じゅわっとはじける肉汁がうまい。

デザートに少しぬるくなったプリンを食べつつ、聞き取り調査の結果を報告する。

「何？　青山氏はこの家を本当に潰す気だと？」

「はい。もしかしてそれで彼らは暴れたんじゃないでしょうか」

彼らが幼い、赤ん坊と変わらない存在なら、当然、ここしか家と呼べる場所を知らない。そのうえ、次に頼るべき新しい所有者はあのとおりだ。

「だって、面と向かって、退治する、なんて言われたんですよ？　行き場所がないと悲観するのも無理はないですよ。これは息子さんの言いかたに問題があると思います」

「そのことだがな。変と言えば変なんだ。見ろ」

有馬が割れた照明と、天井近くの鴨居についた傷を指さした。

「青山氏の説明では、この有様はあいつらが襲ってきたからということだったが。徳利たちは陶器だ。『土偶の女神』のような焼き物と比べれば強度はあるが、こんな鴨居に傷がつく勢いでぶつかれば先に自分が壊れる。だいたいこんな高い位置になぜ傷がつく」

青山さんの身長は、百六十センチの郁より少し高いくらいだった。襲うためでも、ここまで高く飛ぶ必要はない。

「それに。あの徳利からは酒のもれる気配がしたが床は濡れていなかった。盆が敷かれていたからだ。青山翁は最初からもれることを知っていたんだ。それでもあの徳利を使っていた。そんな繊細な配慮をする男が徳利たちにつらく当たっていたとは思えない」

「あの、隣の奥さんに聞いたんですけど」

郁は青山翁が酒盛りをしながら楽しげに話していたこと、意外と家庭的だったらしきスーパーの購入履歴にきちんと整えられていた庭、三個ずつの置物のことを有馬に話す。

「郁！　でかした！」

有馬が言った。

が、その声が、一転、すぐ寂しそうになったのは気のせいではないと思う。

「当たり、だな。……奴らが頑なな原因は、これだ」

4

青山さんが帰ってきたのは、それからほどなくのことだった。

もう用も済んだし、遅い時間までこんな所にいたくない。鍵を閉めてホテルに向かいたい、と言うのを引き留めて、聞いてみる。

「青山さん、もう一度聞きたいのですが。彼らは本当に祟ると言ったのですか？」

「は？　何を言ってるんだ、君は」

青山さんが顔をしかめた。

「こいつらを始末できなかった言い逃れか？　話にならん」

弁護士に連絡する、と言う青山さんに、有馬が、どうぞ、と言った。

「弁護士の田所《たどころ》さんとならもう話しました。つくも神の存在を確かめたあなたは、最初、彼らがしゃべった、とは言わなかったそうですね。その後、事務所でつくも神保護法について詳しい説明を受けている時にいきなり、あいつらは祟るんだと言いだしたとか」

「べ、別に。他意はない。単に最初は驚いて説明しきれなかっただけだ」

「そうでしょうか？　あなたは我々がここに来た時、うちの助手がつくも神たちと話すと言った時にも驚いた。彼らはすでにあなたに向かってしゃべったはずなのに」

青山さんがはっとしたように身を揺らす。

「本当は、彼らはしゃべっていないのではないですか」

有馬が言った。

「あくまで否定するならそれでもいい。まだ怯えて口を開かないが、保護されて自分たちが安全だとわかれば、何があったか話してくれるでしょう。人間側からではなく、つくも神側から見た真実を。……彼らにはそうせざるを得ない事情がありますから」

有馬が青山さんに、彼らの生態について話す。その知能、人と同等の思考能力と感情があることを。……嘘をついても無駄だということを。

そこまで言われて黙っていられなくなったのか。

「……だって、しょうがないでしょう？」

憤りをぶつけるように青山さんが言った。

「私はあなたたちのように骨董品だ何だと遊んでいられる身分じゃないんです。こいつらを引き取るだけでも場所を取るっていうのに、所有するにはカメラの設置とか防火設備とかが必要で、補助が出るにしてもそろえる金なんてないですよ！」

「だから鑑定人が来る前に壊そうとしたのですか。ちょうどそこにあったゴルフクラブを振り回して。これらは自分が受け継いだ、ただの所有物。登録前に壊してしまえば保護法は適用されないと高をくくって」

彼らの命を何だと思っているんですと、有馬が言った。部屋の鴨居についた不自然な傷、あれは逃げ回るつくも神たちを追いかけ、青山さんがゴルフクラブを振り上げた時についた物だ。腕の痣《あざ》もその時に誤ってつけたのだろう。

それともうひとつ。今日、青山さんが庭伝いに現れたのは、外から雨戸を釘付けしていたからだ。さっき有馬と確かめた。徳利たちを逃がさず、家ごと壊せるように。

「徳利たちが怖がるのも当たり前だ。気持ち悪い、あなたは彼らのことをそうおっしゃった。その気持ちもわからないではない。初めてつくも神を見た人の大多数はそう思うそうだから。それはつくも神が未知の存在だからだ。誰でも知らない物は怖い。次に何をしてくるか予測できないから」

でも、と有馬は前おきして、青山さんを見据えた。

「それを言うなら、彼らもあなたが怖かったのですよ」

「え……?」

青山さんがとまどった顔をする。

「だってこいつらは妖《あやかし》でしょう？　なのに人を怖がるんですか」

「あなたが彼らと会うのが初めてだったように、彼らにとってもあなたは初対面のわけのわからない人間なんです。そのうえつくも神にとって所有者は絶対だ。捕らえられ、器を壊されてしまえば終わりなのだから。よほどの信頼がないと正体を露《あら》わにしない」

それでも、彼らはその正体を青山さんに視せた。それはなぜ？

「わかりますか？　それだけの覚悟があったのです」

有馬は言い切る。

「彼らは、青山翁の安否を知りたかったのですよ」

「……？」

「青山翁は心臓発作を起こしたそうですね。彼らは縁側で苦しむ翁を見た。だが何もできなかった。ここから離れるすべを持たない、翁がどこへ連れていかれたかもわからない彼らは病院で翁が亡くなったことすら知らないままだ。だからずっと心配している。あの苦しみはどうなったのかと不安でたまらずにいる」

そんな馬鹿な、妖怪に情などあるものか、と青山さんが言った。

「だいたいあの父がそこまで慕われるわけが……」

「あなたにとっては疎遠な父君でしたが、彼らにとっては慈しむ〝親〟だった。大切な〝家族〟だった。だいたい、あなたが知る青山翁像、それは本当の彼ですか？　幼いあなたの目に父君のすべては映っていましたか？」

仕事一途の真面目で誠実な人。家族との口の利きかたもわからなかった不器用な人。そして相手に愛想をつかされるのは自分が悪かったからだと、出ていく妻子を追いかけることもできなかった自省の人。それが本当の青山翁ではなかろうか。

「あなたがたが出て行って父君は寂しかったのでしょう。うちの助手が見つけたのですが、花瓶や置物、この家にある物はたいてい三つずつだ。物を買う時、彼らが寂しくないように、三つそろえる習慣がついたのでしょう。今はひとりになった自分を重ねて」

それを見ていた徳利たち。彼らは主の境遇をどう思っていたのだろう。

郁の脳裏に、縁側で酒盛りをする青山翁と徳利たちの姿が浮かんだ。

古びて、がたがきた徳利たちを買い、もれるのを承知で酒を注ぎ、家族として扱った青山翁。その想いを受けて、徳利たちはつくも神として生を受けたのだろう。ある日突然、動きだした徳利たちに、青山翁はどれだけ喜んだか。そんな三人がこの家で最後の時間を過ごした。それはどんなにも豊潤で、それでいて儚い幸せだったか。

過ぎ去り、戻らない過去だからこそ輝いて見える。その気持ちは郁にも少しわかる。

「頼む、話してくれ。お前たち、話せるんだろう？」

有馬が徳利たちに向き直り、話しかける。左手の指輪が熱を発したような気がした。

「お前たちにとって俺も青山氏も会ったばかりの怖い人間だろう。いきなり壊されかけて、もう人を信じられないかもしれない。だが黙っていたらお前たちの真実はわからないままだ。ゆっくりでいい。だから頼む。教えてくれ。お前たちにはどうしても聞きたいことがあるのだろう？」

数も少なく、か弱い存在。声の大きな人間たちに埋もれてつぶされてしまう、儚い彼ら。この小さな声をつぶしたくない。そんな有馬の声が聞こえた気がした。

お願い。声を、聞かせて。

郁も願う。仕事だから。そんな都合は吹き飛んでいた。ただただこの徳利たちの声を届けたい。今の自分に共感力があるというのなら、逆にこの指輪を通して彼らにこちらの想いを伝えたい。

『……あの人、言った』

長い沈黙の末、そのか細い声は聞こえた。

ひび割れた焼き物の肌と同じく、深い年月を溶かした、それでいてたどたどしい幼児のような声だった。それは確かに盆の上にうずくまった対の徳利から聞こえてきた。

『お前たちも俺と同じだな、って言った』

『一緒にいられるように、俺らふたつとも買ってくれた』

必死の声だった。未知への怖さを抑えて、大好きな人と自分たちとの出会いを語る。

『でもあの人、人間だから。人間にはいろいろ事情があるから』

『歳を取ったら、帰ってこれなくなることもあるって言った』

それって、まさか……。郁はもう言葉を挟めない。

『だからその時は息子を迎えに寄越す。そう言った』

『写真、見せてくれた。あの人、どこ？　どうして帰ってこない？』

青山さんが、うっ、と言葉に詰まる。

ここまで言われればわかる。彼らは自分たちが壊されるのが嫌で声をあげたんじゃない。青山翁が心配で、その一心で声を振り絞ったのだ。徳利たちが必死に訴える。

『ここ、壊さないで』

『この縁側、この庭、全部、あの人の。帰ってきて、なかったらあの人、寂しい』

青山翁にはもう会えない。そのことを彼らはまだ知らない。幼い彼らはまだ死の概念がわからない。

だから彼らはずっと待っている。誰もいない家の中で、不安に押しつぶされそうになりながら。やっと訪れた〝あの人の息子〟にほっとしてすがった途端、壊されそうになっても、逃げずに踏みとどまった。

それはもう一度、青山翁に会いたいから。

（やだ、涙が滲んできた……）

青山翁はこうなることがわかっていたのだろう。この家がつぶされることも予測して、せめて彼らの保護をと遺言状にしたためた。息子に託した。

くしゃっと青山さんの顔が歪んだ。……怒りの形に。

「……狡《ずる》いですよ、あの人は」

家庭を顧みない人。そう思っていた父親の孤独を想って。父を放っていた自分を責めているのだろう。仕事人間だったと責めてみても青山さんの父への憤りは、子供としての甘えだ。どうして仕事よりこちらを見てくれないという、嫉妬混じりの愛だから。

もしかしてつくも神たちを壊そうとしたのも嫉妬からかもしれない。自分が得られなかった父の愛を受けて暮らした彼らが妬《ねた》ましくて。

でも、この家を潰すなとは言えない。青山さんにだって生活がある。彼らのためだけに家を一軒維持するのはできない相談だ。

「……提案があるのですが」

有馬が言った。

「このふたつをセットで博物館に寄付しませんか。常にふたつを離さない、そう条件を付けることも交渉次第で可能です。なんなら私が間に立ちましょう」

「え、でも。こんな品が？」

「父君は目利きでした。つくられた年代からしてもこれらは十分、収蔵品としての基準をクリアしています。コレクターに売る手もありますが、そちらも年々減っていますし、買い手が見つかるまでに時間がかかるでしょう。それに個人蔵では代替わりの際にまた引き離されるおそれがある。博物館なら少なくとも四散は防いでくれる」

ずっと、一緒にいられるように。語られない有馬の声が聞こえた気がした。

「早く整理したいのでしょう？　……他にもいろいろあってお忙しそうですし」

それは。人にはさほど感情移入しない有馬が見せた、珍しい皮肉だった。

青山氏の目がせわしなく動いている。損得を勘定しているのだろう。

悲しくなる。父親の真意も知った。つくも神たちの想いも。だが現実を生きる青山さんはこんな考えかたをまず優先しなくてはいけない。

郁は苦しくなる。この場でただひとり、味方もなく悪者になっている青山さん。確かに彼が徳利たちにしたことは許せない。だけど、

「あのっ」

郁は知らず、青山さんの方へと歩み出ていた。

「お父様はそれでもあなたにこの徳利たちを託しました。それはあなたなら大切にしてくれるという信頼からでは。徳利たちの方をより愛していたわけではなく」

それは青山翁の心にそういう部分があってほしいという、郁の願望かもしれない。郁も親の愛は他にあると感じているから。

そして青山さんがあそこまで徳利たちに怒りを向けた原因が嫉妬なら。それは青山さんにも父への愛があるということで。

「会わなくとも、お父様の心にはずっとあなたがいた、その証拠だと思います」

青山さんの顔が、くしゃりと歪む。余計なことを言ったか？　落ち込ませまいと思いよけいに傷を抉《えぐ》ってしまったのか？

郁が身を縮めると、ぽん、と有馬が頭に手をのせてきた。そして、

「……うちの助手がこう言うので、あなたが重要な国の財産であるつくも神に暴力をふるった件は私の胸に納め、これ以上の追及はしません」

先ほどとは違い、落ち着いた声で有馬が言った。

「あとで寄贈の手続きに文化庁から係の者を来させます。この部屋の有様は見せないようにしてください。ややこしいことになりますから。いいですね？」

徳利たちを手招きしつつ、有馬が郁に部屋を出ようとうながす。

「徳利たちはとりあえず私が預かっていきます。あなたも……ひとりで考える時間が必要でしょう。落ち着く時間が」

言われて、郁は気がついた。青山さんの目から光る物が滲み出しているのを。

きっと父の葬儀でも涙ひとつこぼさなかった青山さん。三十年以上、父とは会っていないと言っていた彼が、この家で暮らしていた頃の子供に戻って泣いていた——。

徳利たちを箱に納めて庭に出て、綾音さんに連絡を取る。

まだひとり、泣いているだろう青山さんをそっとしておくために。

有馬は徳利たちに青山翁の死は告げないことにしたらしい。彼らには、青山翁も会いたがっているが、翁が言ったとおり、人間は帰ってこられなくなる時があるんだと説いていた。

「だがお前たちが一緒なら、互いに記憶に残る青山翁のことを語り合える。またあの家で会うことはできないが、思い出の中で会える。なら、きっと、青山翁も寂しくない」

だから、いつまでも翁のことを忘れずにいてあげてほしい。

駆けつけた文化庁の担当官に引き渡す時、そうつくも神たちに語る有馬の顔はとても優しかった。新たな思い出をつくれと言うのはつらすぎる。だからせめてと有馬は、二柱なら、と言って、徳利たちに手を振る。幸多かれと。

「……いいんですか、ここで別れて」

つくも神を見送る有馬があまりに寂しそうなので、そう言うと、「俺が引き取っても、いつまで一緒にしておいてやれるかわからん」と彼は言った。

「人は歳を取る。俺もいつ、あいつらをおいていくかわからん。なら、国の管理下におく方がいい。あいつらはどうも人に懐きすぎるところがある。懐いて、またおいていかれるのはつらいだろう。何度も人の死を見させたくない。それくらいなら最初から館の収蔵品として人と一線をおいた方がいい」

そして二柱一緒なら、新たな環境に慣れる苦痛を分け合うこともできる。

青山さんのところへ寄贈の手続きのため、文化庁の担当員と弁護士が無事、向かったという報告を聞いて、車に乗り込む。窓外の景色が動きだして、車内に沈黙が満ちた。

次々と変わる景色。高校だろうか。放課後の、無人の校舎が横切っていった。

ぼんやり見ていると、有馬がぽつりと言った。

「……いいのか、学校」

郁のさぼりにやっと気づいたらしい。いや、気づいていたが黙っていたのか。薫さんと同じく。

何か言わないと、と焦っていると、有馬がハンドルに手をおいたまま言った。

「お前、いつも無理をして俺に話しかけるが。しんどい時は黙っていてもいいんだぞ」

「え」

「お前を引き取るに際して、お前の両親から話は聞いた。妹からもだ」

ああ、知っていたのか。では彼は郁のことをどう思っていたのだろう。自分のことしか考えないわがままな姉？　自分の知らないところで評価が決まる恐怖を、吐き気とともに思い出す。あの時のことを。

そう、一月《ひとつき》前のあの時、郁だけ日本に残ることになって、下宿先となる叔母宅へ挨拶に行った時のことだ。一緒についてきた妹の茅耶が言ったのだ。

「わあ、可愛い部屋、いいな、郁ちゃんここで暮らすの？」と。

いつもどおり無邪気に、人好きのする笑みを浮かべて。そして明るくねだった。「私も残りたい。叔母さんたちと暮らしたい」と。

叔母宅はマンションだ。従弟もいる。残れるのは姉妹のうち、ひとりだけ。

公平に話を聞くと母は言ってくれた。どちらも私の可愛い娘だからと。そう言いつつ母の目は、お姉さんなんだから、郁が譲るのが当然、と言っていた。

世の中には、わがままを言っていい人と、我慢するのが当然の人とがいる。自然とそうなる。片方は口に出さなくても願いを察して気遣ってもらえるが、もう片方は常に周囲の空気を読んで、その場の主に合わせないといけない。そんな役割分担ができる。

郁は今まで茅耶のように願いがあっても口にはしなかった。皆が好きだから、察して、黙って譲ってきた。それはすべて郁が好きでやったこと、当然と思われて、我慢して譲った、郁にだって願いはあるとは欠片《かけら》も思われていなかった。

親は神ではない。言葉にせず察しろなど甘すぎるだろう。だが郁が返事をする前にもうこの件は終わった、郁が譲るという空気になって郁は口を挟めなくなった。何よりつらかったのは、郁より交友範囲の広かった家族が、軽い気持ちで世間話としてこのいきさつを近所に広めてしまったことだ。

近所の人たちが会うたびに郁を責める。「もっと家族を思いやりなさい、あんないい人たちいないよ」「わがまま言ったんだって？　皆に」と、一方だけの声を聞いて。父母や妹が悪気などいっさいないことはわかっている。だが、

「父さんたちがいないと寂しいな、お姉ちゃんだけ父さんたちをひとり占めして狡い。私もペルーに一緒に行けばよかったかな」

「母さんたちも茅耶がいないと寂しいわよ」

「今からでもいいから一緒に来るか？」

夕食の席で、当然のように笑いながら話している家族を見ると、食べ物が喉を通らなくなった。

蚊帳の外というのはこういうことを言うのだろう。周り中、誰も味方がいないような圧迫感。トイレで吐く郁を見て、父母は、あてつけか、とあきれた顔をした。

(何を言っても通じない……)

さらなる泥沼にはまっていく絶望感。だから郁は口を閉じた。黙って「頭を冷やしに祖父母のところへ行くように」という親の言葉を受け入れた。夏休みが終われば、父母と一緒に日本を出る覚悟をつけた。他にしようがなかったから。

その後、海外渡航禁止になって、有馬のもとで暮らすことになって。なし崩し的に日本に残れることになった。が、

(この指輪のことがなければ、今頃、私は日本にはいなかった)

そう思うと、胸のもやが去らない。そして結局、転校したとはいえ、あんなに行きたがっていた日本の学校もさぼって、ここにいる。親に、「子供ってすぐ新しい環境に順応するのね」としたり顔で言われるのが嫌だったから。

わかっている。子供っぽい感情だ。この程度の悩み、誰だってあるだろう。そしてひ

とりで乗り越えている。だが今の郁は前を向く気力すら尽きていて――。

「俺はこのとおり、人当たりがいい方じゃない。会話が弾まない時もある」

こほんと咳払いをして、有馬が言った。

「その、だからといって、別にお前といて気まずいわけじゃない」

「え」

「もちろん、無理にでも話した方がいい時もある。さっきは……お前は言ったことを気にしているようだったが、言って良かったと思う。あの息子も少しは救われただろう」

俺はそこまで気が回らなかった、と有馬が続けた。

「俺はいつもつくも神の方へ目がいきがちだ。より小さな声を俺が聞き取らねば誰が代弁できると気負ってきたが。声の大きい人間でも言葉にできない想いを抱えているのだな」

勉強になった、と有馬が言った。

「だからお前も。黙ってなくていいんだぞ」

はっとして郁は顔をあげた。

「俺はお前の親たちから話を聞いたと言った。だが、それはあくまであちら側の言い分だ。お前からはまだ何も聞いていない」

信号が赤になった。

車を止めた有馬が、ハンドルから片手を離す。そして、ぽんと郁の頭においた。

「言いにくいなら無理に言わなくていいし、考えがまとまっていないなら、ゆっくり頭の中を整理してからでいい。だから我慢していることはないんだぞ」

ちょっと気まずそうに、有馬が咳払いをする。

「……俺は、お前の保護者なんだから」

信号が青になって、有馬の手が離れる。だけど温もりはそのまま残っている。

こみあげる物が重力にひかれてこぼれ落ちそうになって、郁はあわてて窓の方を見た。

ああ、そうか、と思った。有馬は決して周囲の常識が目に入らないわけではない。それよりもつくも神を優先するから、変わった人扱いになるだけだ。他人の眼や評価より、声の小さな物に寄り添いたい、そう願うから。

そしてそれは郁の声に出せない悲鳴を聞き取ってくれたということで。だからだ。彼の言葉がこんなにも心に染みるのは。

「そうだ、お前がいない時、薫がメールしてきたぞ」

話題を変えるように、有馬が、ほら、とスマホを示す。

「塩屋には有名どころのチーズケーキ店があるらしい。買ってきてくれと。場所を検索してくれないか。ついでだ、お前の好きな物も買ってやる」

何がいい、と、答えを待つ有馬の声に、郁は泣きそうになった。

「……じゃ、レアチーズとショコラ。三つずつ」

「おい、お前や薫はともかく、俺はふたつも食べれないぞ」

「だから、私と薫さんで三つずつ」

「……太るぞ」

「大丈夫、私の分、有馬さんに少しずつ味見にあげますから」

「なんだそれは」

「さっきコンビニで買ったプリン、大きすぎて有馬さん食べれなかったでしょう？」

それでも、ちょっと食べたそうにしていた彼。だから、

「一口ずつ」

気配りをされて嬉しくない人なんていない。自分が嬉しかったから、お返しをしたい。だから言う。

「最初に切って盛り分けますから。少しずつ味見ができるように」

有馬がふんと鼻を鳴らす。照れ隠しだとすんなり胸に落ちた。そして受け入れてもらえたことに胸が温かくなった。スマホで地図を探しつつ、宣言めいて言ってみる。

「明日は、朝一番で学校に行くことにします」

「なんだ、突然」

「別に。綾音さんにも発破をかけられたし、学業も頑張らなきゃって思っただけです」

気づいてくれている人がいる。それだけで元気になるなんて、我ながら子供っぽいと思う。それでも郁にとってこれは大きな前進だ。

いくら声を出しても届かない、遠い家族のことをずっと想い続けて、悩んで、縮こまって。せっかくの時間と新しい出会いを無駄にするのは馬鹿馬鹿しい。心からそう思えるようになりたい。

そう、前向きに思え始めたから——。

・・・第二話・・・

つくも神だって恋をする

粋でいなせな色男、
大江戸絡繰り人形

Kokikyubutsu
hozonkata
Tsukumogami
syusyuroku

1

父母は海外移住で地球の反対側、妹は東京の叔母宅にて下宿中、郁自身は関西で赤の他人の家にひとりで居候。

と、なれば寂しい境遇のはずだが、今の郁の周囲はとても賑やかだ。

『起きるのが遅いぞ！　待ちくたびれたではないか！』

木々の甘い香りが風にまじる、初秋の朝。

郁が台所に入るなり、小さなお皿のつくも神が、でかい態度の仁王立ちで出迎えた。

織部《おりべ》焼《やき》の豆小皿、伝丸《でんまる》だ。

小さな四角の体に深い山の緑の色。織部焼が最盛期を迎えた慶長年間に焼かれた五枚セットの陶器で、太平洋戦争末期の混乱の中、有馬の曽祖父が散逸を惜しんで蒐集したつくも神化古器のひとつだ。バラバラになった兄弟たちともう一度会うのが夢という、いじらしいお皿でもある。郁が視認したことを確認すると、伝丸はぴょんと器用に郁の肩に飛び乗って『早く、早く』と、冷蔵庫に向かえと急き立てる。

この家には他にもたくさんのつくも神化古器がいて、自由に動き回っている。

朝のこの時間、たいていのつくも神はアンニュイに窓から外の風景を眺めて目覚めのひと時を楽しんでいるが、伝丸だけは元気が有り余っている。小皿は料理をのせるのが本懐とばかりに台所に入り浸り、起きだした住人たちに使用を求めてくるのだ。

『今朝は〝ぷりん〟の気分だ』

「はいはい、すぐ入れるから待ってね」

ちょうどいい。朝ごはんの前に、甘いおめざがほしかった。伝丸用に常備されたグリコのプッチンプリンを取り出す。伝丸は自分の上でぷるぷるゆれるプリンが大好きなのだ。伝丸自身はプリンを食べられない。だが誰かが自分を使って食べている。それが心地よいらしい。郁がプリンをスプーンですくうと目を細め、気持ちよさそうにしている。

「今度、プリンの気分になった時は胡麻プリンにきなこと黒蜜かけるのはどうかな。伝丸は色が濃いから似合うと思う」

『ふむ、いいな。匙《さじ》も黒の木匙にしろ。あと、〝らんちょんまっと〟は……』

プリンを食べ終えると、朝ごはんを作りながら郁は伝丸と次の予定を立てる。

と、薫さんがもこもこと起きてきた。誰のチョイスか可愛いクマ柄パジャマが似合いすぎていて怖い。

「おはよー、郁ちゃん。それと、えっと、手はここかな。おはよう、伝くん」

つくも神が視えない薫さんが、握手、と、伝丸の足をあらぬ方向にねじる。相変わらずだ。

が、その薫さんの首に紅の組紐が一本、だらりと垂れているのが地味に気になる。

先週、有馬が修復と鑑定を兼ねてさる旧家から預かった、京組紐のつくも神だ。薫さんを気に入ったらしく昼も夜もべったりで、「先方に返却しても脱走してきそうだな」と有馬は渋い顔だ。郁としても色鮮やかな紐が薫さんの首に幾重にも巻きついて、ゆらゆらと揺れている様が目についてしかたがない。

(なんか、艶《なま》めかしいっていうか……)

物が女の帯締めなところがまた。耽美を通り越してどす黒い女の情念、浄瑠璃の安珍《あんちん》清姫《きよひめ》や怪談の牡丹灯籠《ぼたんどうろう》を連想して怖い。

が、薫さんはいつもと変わらない。ただの紐としか見えていないから。

明るい笑みの薫さんに、視えないのはいいことかと悩みつつ朝食のリクエストを聞く。

「おはようございます、薫さん。トーストは何枚?」

「あ、ありがとう、郁ちゃん。じゃあ、二枚お願い。昨夜、夕食食べ損ねて」

この家は自室やお風呂など毎日使う部分は自分たちで掃除する。それとは別に週に三回、家政婦さんが来て、共有スペースとまとめて家中を徹底的に綺麗にしてくれる。その時、ついでに夕食も作ってくれたりするのだが、さすがに朝はセルフサービス。自分たちで賄う。

神戸はパンがおいしい店も多い。開港時、神戸に居を構えた異人さんたちが、母国の味を伝えたのが起源という。今日の食パンは明治創業のパン屋さん、ドンクのハードトースト。軽く焼き目をつけて、サラダと一緒にワンプレートに盛り付ける。プチデザートにはこれが今季最後のイチジクとチーズに砕いた胡桃《くるみ》をかけてみた。

「おおっ、女子高生の手料理だ」

「そんなトーストくらいで大げさな」

「実家を出てから自炊だもの。誰かが僕のためにつくってくれる。それだけで感動だよ」

オニオンスープのカップを添えると、薫さんがほんわか笑う。さすがにトーストと生野菜で感動されるのは心苦しい。今度はもっと手が込んだメニューにしよう。郁は思う。

「有馬もたまに夕食とかつくってくれるんだよ。月に一度くらい」

「え、本当？　食べたことないです」

薫さんが不在で家政婦さんもお休みの時は基本、外食か惣菜だ。外出が面倒くさくて、郁があり合わせでつくる時もあるが、有馬が台所に立つのは見たことがない。

「有馬さんのチョイスって、おいしい店ばかりで嬉しいんですけどね」

「タイミングの問題かなあ。仕事の合間に作るから。料理の凝り具合で煮つまり度がわかるくらいで」

「そういえば有馬さんの本業って何なんですか？　聞いたことなくて」

「知らなかったの？　有馬、画家なんだよ」

絵描き？　意外だ。美術関連とは聞いていたが、何となく体育会系の雰囲気があるので、作務衣に鉢巻き姿で仏像を彫ったり、ろくろを回しているのかと思っていた。

「幽霊の日本画とか、浮世絵とか描いてるんですか？」

「どうしてそうなるの」

目を丸くして言った薫さんが、展覧会か何かのパンフレットを取り出す。

「これだよ、見たことない？」

「嘘！」

郁でもポスターで見たことのある、現代アートだ。

「まだ若手だけどけっこう名前は知られてきたと思ってたんだけどなあ。郁ちゃん知らないか。有馬のマネジメントもしてる身としてはちょっと寂しいなあ」

よく画商や保険会社の人が出入りしてるでしょと言われた。

それは知っていたが、この家には有馬が曽祖父から受け継いだ美術品コレクションがある。企画展への貸し出しもするし、鑑定の古器も預かる。そのためかと思っていた。

「まあ、離れのアトリエにしか絵はないし、そんなものかな。また今度、覗きに行ってやってよ。郁ちゃんが見てくれたら、有馬も喜ぶと思うから」

そこへ、「おーっす」という声がして、寝乱れ姿の美女が現れた。

「綾音さん、来てたんですか」

「うん。昨夜遅くにね。また出張で」

文化庁キャリア女子の綾音さんは、パジャマ代わりか、派手なラメ入りの紫ジャージ着用だった。だが美人だ。さすがは師匠。

「こっち来るの、今月入って二回目よお。西日本は史跡も多くて国宝だらけだからしょうがないけど。こうしょっちゅうだと、いっそこっちに戻ってこようかって思うわよ。東京って家賃高いし」

もともと綾音さんは関西出身で、有馬や薫さんとは高校時代の同級生。今もその縁で一緒にお仕事することが多いのだとか。実家は兄夫婦が継いで幼い甥姪もいて長居しにくいので、出張でこちらに来た時は、「ホテルは飽きた」と、この家に泊っていく。専用の個室も常備されていて、事実上三人目の同居人だ。

他にも有馬の仕事関係の人たちが出入りするので、この家にはいつも誰かしら客がいる。皆、身元が確かで節度ある大人ばかり。当然、トラブルもなく、有馬はこの家に他人がいることに違和感がないらしい。なので郁も最近は堂々と居候している。

綾音さんが、いい匂いー、と言いつつ席についた。

「わーい、女子高生の手料理だー。しみじみ幸せよねえ、起きたらご飯が用意されてるなんて。ひとり暮らしじゃ味わえない贅沢だわ」

ふくふく笑顔で言われると、郁としては三食目をつくらないわけにはいかない。それにしても、女子高生の手料理、と薫さんと同じことを言っているだけなのに、綾音さんの場合、オヤジ臭がするのはなぜだろう。

「どうぞ。スープは温めただけのインスタントですけど」

「んー、上等よぉ。私、普段、お湯も沸かさないから。冷蔵庫には缶ビールしかないし？」

「……さすがにそれは。栄養偏りますよ」

「えー、でも家に帰れない日多いし、食材なんか買っても干からびちゃうだけだもん」

昨夜は遅くまで大人のつきあいがあったらしく、まだ酒が残っているのか、綾音さんがテーブルに突っ伏す。

「だいたいさー、横暴なのよ。うちの上司って、今どきの若い子って国宝擬人化ゲームが好きだよねって、つくも関係はぜーんぶ私に押し付けてくるの。ったく、普段はお局《つぼね》扱いなのにこんな時だけ若い子なんて言いやがって。ちょっと嬉しくなって引き受けちゃうじゃない。課長の馬鹿野郎ー、おだて上手ー！」

「スープでヤケ酒しないでくださいよ。一気飲みしたら喉、火傷しますよ、綾音さん」

急いでお冷の用意をしていると、薫さんがさりげなく綾音さんの前からスープカップを遠ざけつつ言った。

「それはそうと郁ちゃん、さすがに有馬起こさないといけない時間じゃない？　そろそろ出発しないと約束の時間に間に合わないよ。片付けはいいから用意しておいで」

「あ。本当だ。もうこんな時間。ありがとうございます、薫さん。じゃあ、あとはお願いします」

郁があわてて立ち上がると、綾音さんが不思議そうに顔をあげた。

「え、今日、土曜でしょ？　郁ちゃん、週末なのにどっか行くの？」

「はい、副業の方で依頼があって、有馬さんと一緒に四国まで」

戸口をくぐりながら、顔だけふり返る。

「楽しみなんです、私。引っ越しが多かったのに、四国って行ったことなくて。新しいつくも神と会えるのもわくわくするし」

今を前向きに受け止めると決めた。だからもうファンタジーが苦手なんて言わない。郁はにっこり笑うと靴を履く。昨日から離れに籠っている有馬に声をかけるため、外へ出る。

アトリエを覗く許可はさっき薫さんから得た。それでも有馬が起きて創作に集中していた時のため、邪魔にならないように、初めて訪ねる仕事場をおそるおそる覗いてみる。混沌《こんとん》、としか言いようのない部屋の真ん中に、毛布にくるまって寝ている有馬がいた。そしてその前に、これが有馬の本職だろう。描きかけのキャンバスが立てかけてあった。真っ白なキャンバスが鮮やかな赤に塗りつぶされている。

正直、未完成の現代アートは郁には難しくてうまく解釈できなかったが。所狭しと絵筆や絵の具瓶が転がる中、うっかり絵に汚れをつけないためだろう。キャンバスの周囲だけ整然と片付けられているところに、有馬の美にかける〝本気〟を見た気がした。完成したらぜひ見せてもらおうと思う。

そんなこんなで準備を整え、家を出発する。

今回の出張先は四国、香川県。有馬の家がある神戸からは海を渡ってすぐ。

アクセスはフェリーを使う他に、明石海峡大橋を使って車で淡路島へ渡り、そこから大鳴門橋《おおなるときょう》経由で行く方法と、山陰自動車道を西進し、岡山から瀬戸大橋《せとおおはし》を通るという二ルートがあるらしい。

「依頼人の邸は香川の中でも西寄りだ。少し山に入るし、公共交通機関やタクシーを乗り継ぐよりは自分で車を運転した方が早い。現地でレンタカーを手配する手もあるが、慣れた車の方が勝手がいいしな」

それに、と有馬が付け加える。

「自家用車だと、早めに終わったら、高速を途中で降りてお前の家に寄れる。最近、バイトが忙しくて戻れてないだろう？」

「ありがとうございます、でもいる物は全部、運んじゃって用はないからいいですよ」

さりげなく里帰りをうながす有馬に返事する。

家、とは神戸の北区《きた》にある祖父母の家のことだ。とある事情で今は無人になっていて、郁が鍵を預かっている。閉めっぱなしにしておくわけにもいかないので、来週あたり、ひとりで行って雨戸をあけて掃除くらいしておくべきか。まあ、ここらは仕事とは関係のない郁のプライベートな事情だ。有馬を煩わせるわけにはいかない。

と、いうことで。有馬の車で瀬戸大橋経由で四国へ渡り、依頼人宅を目指すことになった。先方宅の格式がわからず、どんな服装で行くべきか迷った末、郁はいつもの制服に袖を通して車の助手席に乗り込む。

いつもの制服といっても、東京時代に着ていた前の学校の物だ。つい先日、こちらで新たに通いだした新しい学校の制服もできてきて、今までの制服は捨てるだけになった。もったいないし、まだ少し未練もある。それにもう使わない服なら週末に少し汚しても大丈夫。と、いうことで出張専用着にしたのだ。

有馬の方は相変わらずのカラーシャツにジャケットの、シンプルコーディネイト。それでもきちんと感が出るのが、顔がいいと得なところだと思う。シフトレバーにかれた男らしい手が、素早く動いてギアチェンジする。車を扱いなれている感じがして、本当に見た目だけはかっこいい。途中、休憩に立ち寄ったサービスエリアでも人目を集めて、巻き添えを食らって女性陣から睨まれた郁としては落ち着かなかった。

ちなみに有馬の車はツートンカラーのミニクーパー。大容量の車だと何を買い込んでくるかわからないからという薫さんチョイスらしい。小回りもきくし、見た目は小さくともエンジングレードは軽自動車ではなく普通車。馬力があるから遠出しても問題ない。出張が多い有馬には合っていると思う。

車の窓を全開にして、瀬戸大橋を渡る。秋の日差しと海風が気持ちいい。青く波打つ海のはるか上を走っていくと、テンションだって上がってくる。

「四国といえばうどんですね。葱や天ぷらのトッピング。噂の餡餅入りも外せない」

「お前は山形の時といい、食べることしか興味はないのか」

「いえ、他に何があるか知らないので。柑橘類？」

馬鹿、柑橘も食べ物だ、と突っ込まれた。

「四国は見所が多いぞ、なんといってもお遍路さんの聖地だ。有名どころの寺が山ほどある。他にも、香川だけに絞っても、箕浦《みのうら》漁港が未来に残したい漁業漁村の歴史文化財産百選のひとつだし、豊稔池《ほうねんいけ》ダムも外せない。黒ずんだ石組が古城の風格を醸す実に見事な国の重要文化財だ」

「へー、ダムの重文なんてあるんですか」

初めて聞いた。だが、

「……あの、重要文化財って、そのダムはつくも神化とかしてませんよね？　水を堰《せ》きとめるダムが動いたりしたら、大変なことになりそうですけど」

「安心しろ、ダムの完成は一九二九年、つくも神化するにはまだ少しだけ早い」

いや、そこはダムなんてでかい建造物はつくも神化しないと言ってほしかった。

（あ、でも、綾音さん、奈良の大仏様もつくも神化してるって言ってたっけ）

以前、ヤケ酒の入った綾音さんに「本来なら守秘義務があるから話しちゃいけないけど、郁ちゃんは関係者だからいいわよねー」とつくも神のお勉強にかこつけて聞かされた。大仏様がすす払いの手つきが悪いと怒りだしたとか。結局、一緒に酒盛りしてなだめたらしいが。

「大仏様が地響きを立てて歩くところとか想像すると、怪獣映画の世界ですね」

「大仏？　奈良の東大寺盧舎那仏像《とうだいじるしゃなぶつぞう》のことか？　あれなら大丈夫だ。鋳造物で中が空洞に近いとはいえ、あれだけの大きさだ。重量も馬鹿にならない。座したままで、足の姿勢を変えることもできなかったはずだ。そもそも体を作ったあとに周りを囲む金堂を建てたんだ。歩きまわりたくとも戸口が狭くて出られない」

「大きすぎるとつくも神でも動けないんですか？」

「自重がありすぎて負荷がかかるからな。クジラが水中だからこそ巨大化できたのと同じだ。この世の物理法則には逆らえない。無理をすれば崩れる。年を経たモノや神格が高いモノは己の分身というか、人型のアバターのような物を離れた場所に投影させることができるが、それには持ち運びできる己の欠片を誰かに持ち運んでもらわないといけないし、実際に本体が動けるわけじゃない。ま、とはいえ万が一があるから、所在のわかるやばそうな古器は文化庁の人間が定期的に調査している。さっきのダムもそうだ。

安心しろ、今のところ発現の兆候は見られない」

つくも神化に百年かかるというのはあくまで目安。

中国では琵琶《びわ》が百回、月の光を浴びて変化したという話がある。年数と回数の違いがあるが、語呂がいいので百としただけだろうと有馬が言う。未だにどういった品が何年たてばつくも神化するか、発現の仕組みや条件ははっきりとしないそうだ。

「百年たってもつくも神化しない古器も多いし、逆に普通に使っていた茶碗が百年とたたずにつくも神になった例もある。個体差がありすぎる。蔵などにしまい込むのではなく、人の身近にあって、想いを受けた物ほど発現しやすいとは言われているが」

そういえば青山翁の徳利も大切に使われていた。と、いうことは。つくも神化しているのだから、今回の依頼品も人に大切にされてきた品なのか。言うと有馬が、

「そのとおり。今から訪ねる助五郎《すけごろう》は人々に大事にされてきた品だ。だから作り手も来歴もきちんとわかっている」

助五郎、と粋な名がある彼は、江戸時代中期につくられた絡繰《からく》り人形だそうだ。

絡繰り人形とは、座敷絡繰りともいわれるぜんまい仕掛けの自動人形のこと。古器の中でも人気の品で、今でも愛好家たちが当時の品の復元に励み、新しい品をもつくり出していているのだとか。興味を示すと、有馬が検索してみろとタブレットを顎で指した。

誘導された先の動画サイトでは、チワワサイズの着物姿の童人形が、ゆっくり、ゆっくり畳の上を歩きながら、盆にのせられた茶碗を運んでいた。

かすかに左右に揺れる顔、しずしずと交互に出される足。ゆったりとして典雅で、それでいてユーモラスな動き。仕草のひとつひとつが可愛くて、見ているだけでほっこり豊かな気分になれる。蒐集欲などない郁でも欲しくなる。

「いい動きをするだろう？　ひとつひとつは単純な反復運動だが、何種類かの動きを組み合わせることで実に人間臭くなる」

機械仕掛けの人形は西洋にもあるそうだが、日本の絡繰り人形は表情も豊かで、昔から世界中でも評価が高いそうだ。

「日本人の何でも擬人化する感性のせいかもしれないな。今でも日本製のアニメやロボットが世界で人気だが、もともとこういった表現物が得意なのだろう。何しろ、かのロシアの女帝エカテリーナ二世も孫のためにと、日本の絡繰り人形を買い求めたくらいだ。当時でも高価な品だったたから、女帝は孫が人形を壊さないようにと、監督官をつけて遊ばせたという挿話がある」

行進しながら敬礼する兵士の人形や、鏡の前で髪を梳《と》かす人形など。今でもそのいくつかはロシアの博物館や美術館に収蔵されているそうだ。

「今も残る有名どころの人形は江戸時代に作られた物が多い。だから江戸の富裕層の玩具《がんぐ》というイメージが強いが、実はさらに昔、平安の頃にルーツを求めることができる」

郁でも知っている『今昔物語』に、「傀儡子《くぐつし》」として記述があるそうだ。

「手品や踊りの見世物に絡繰り仕掛けや木彫り人形を使っていた遊芸民たちだ。彼らが伝承する傀儡の技に、西洋から入った時計技術、そこから派生した和時計の技術が組み合わさり、今日に残る絡繰り人形が作られた。ただの玩具ではなく歴史ある創意工夫の結晶、各時代の職人の技の粋を集めた機械工芸品なんだ」

『機巧図彙《からくりずい》』は現存する唯一の絡繰り人形指南書にして、日本最古の機械工学書だが、図解入りで事細かに絡繰り人形の作りかたが書かれているそうだ。

「作者は〝からくり半蔵〟とまで呼ばれた細川半蔵頼直《ほそかわはんぞうよりなお》、これから行く四国、土佐の出身だ。江戸のイメージが強い絡繰り人形だが、西日本との縁も深い。絡繰り人形の最高峰といわれる『弓曳人形《ゆみひき》』の製作者、田中久重《たなかひさしげ》は筑後《ちくご》の国、つまり九州の生まれだ。九州も土佐も幕末の志士を生んだ土地でもある。西洋の息吹を柔軟に取り入れる新進の気質があるのだろうな」

その縁というわけでもないが、今回の所有者、讃岐《さぬき》家も、代々四国に居を構える資産家らしい。瀬戸内の旧家。横溝正史《よこみぞせいし》の世界だ。

「助五郎は讃岐家先々代が購入した品で、数年前に先代が他界してからは、ひとり娘の妙子《たえこ》さんが所有している」

そこで有馬がちょっと複雑な顔をする。

「助五郎は古器だけをとると江戸中期の品と、比較的新しい部類だが、つくも神として は特殊でな。大御所というか、やたらと早く、江戸後期にはすでにつくも神として覚醒していた古株なんだ」

維新や江戸開城を目の当たりにしてきた歴史の生き証人で一目おかれているらしい。

郁としては江戸中期の品で比較的新しいと言い切ってしまうこの業界に畏怖を感じるが。

「発現以来、人と密に交流してきたつくも神で、人間社会の知識もずいぶんとあるんだ。俗に言うと人間臭い。で、今回、交渉人に俺を呼べと所有者を通して指名してきた」

「指名？　有馬さんを？　所有者がですか？」

「いや、つくも神の方がだ。さっきも言ったように、人間社会に精通しているからな」

保護法のことも当然知っていて、こちらにしてほしいことがあるそうだ。

「待遇を改善してほしいとか、寂しいから話し相手になって、とかですか？」

「いや、もっと深刻な依頼だ。持ち主のチェンジを求めている」

「え」

「だから。奴は所有者を変えてほしいと言ってきているんだ。自分を所有している妙子さんを、他の人間に変えてほしいと」

「……はい？」

それは旧所有者とは仲が良かったが、新しい所有者とは複雑だった青山家パターンか。

郁は後味の悪かった先の依頼を思い出して顔をしかめた。


讃岐家は私有地である広大な山中に、ただ一軒、堂々と建っていた。

今でこそ経営の実権は手放しているが、元は網元の創業者一族で、運輸、造船で財を成した一族だとか。そのせいか本拠地であるこの邸も時代劇の家老屋敷のような門構えだ。

「……私がいたらなかったのです」

そう言うのは出迎えてくれた邸の主、讃岐妙子さん。

黒々とした髪を結いあげ、麻の葉格子の西陣御召《にしじんおめし》を品よく着こなした彼女は、まだ三十代前半といったところか。この家の跡取り娘で、バツイチの独身女性らしい。

「お久しぶりです、有馬さん。お変わりなく、と言うと怒られそうですけど」

「覚えておられましたか。お会いするのは二十年ぶりくらいですか」

互いに挨拶をする有馬と妙子さんは祖父同士が知り合いで、幼い頃に会ったことがあるそうだ。並び立つふたりは美男美女の取り合わせで、かなりのお似合いだ。外見だけはいい有馬の隣に立って見劣りしない人間はそうはいない。

だが妙子さんの麗しい顔に陰りがあるのが気になった。

彼女に子はなく、父母も事故で亡くして、これだけの広さの邸だというのに通いのお手伝いさんが数人いるほかはひとり暮らしだそうだ。山を下りれば民家もあるし、防犯対策もしっかりしているから大丈夫とのことだが、狭い家で常に誰かの声がする環境で育った郁としては、しん、と静まり返った邸に、怖くはないのかと思う。

「助五郎は廊下で繋がっている別棟の、空調の独立した蔵にしまってあります」

母屋でお手伝いさんにお茶を出してもらったあと、さっそく問題の人形に会いに行く。

「まずは助五郎の保存管理の現状を見てください」

と、妙子さんに言われて、先に、蔵に付設している機械室に入る。

蔵内部の空調を管理する機械類だそうだが、小さな部屋がぎっしり機械で埋まっている。停電に備えての自家発電機まであるそうだ。彼女は管理に抜かりはないと示したいのだろうが、素人の郁の眼から見ても博物館クラスの設備だ。個人蔵とは思えない。

「……昔はここまでの設備はありませんでしたが。増設なさったのですか？」

「ええ、助五郎のために。これくらい当然です。助五郎は破損でもしたら取り返しがつかない、ふたつとない大切な品なのですから」

熱を込めて言って、それから、私の何がいけなかったのでしょうと彼女が肩を落とす。

「……まだ信じられないんです。助五郎が所有者変更を言いだすなんて」

うなだれた妙子さんの先導で、今度は蔵本体の方へ入る。そこは絨毯敷きの小部屋になっていた。出入り口が二重構造になっているのだ。

「風除室だな」

「ああ、冬の風や雪を防ぐ」

「それは北海道など北国の話。ここは四国で屋内だ」

ではは何を防いでいるのか。重い扉を閉めると、宇宙船の気密室のように、空調が音を立てて空気を吸い出しているのがわかる。

「ここで出入り時に持ち込んだ空気をろ過します。そこにある塵埃《じんあい》除去マットで足裏をぬぐってください。それからこれを服の上からでいいのでつけてね」

渡されたのは手術着めいた全身を覆うビニールカバー、帽子にマスク、防塵眼鏡。足につけるゴム付きカバーまである。すべてを身につけるとニュースで見る防疫作業の人のように露出部分がなくなった。

「厳重ですね」

「室内空気汚染が怖いですから。蔵の中は完全に外とは切り離しているんです」

室内空気汚染とは。

空気中に漂う埃、灰、黴《かび》、細菌にウイルス、煙に水の飛沫といった、粒子状物質による被害のことだ。それらは空気中を漂い、古器に付着。表面を汚染するだけでなく、大気汚染物質などをも吸着して、古器を腐食、変色させる。例えば、新品で、一度も着ていないのに服に染みができたといった現象は、この空気汚染によることが多い。

「材質によって天敵となる汚染物は違います。助五郎の場合、素材は布、木材、金属と多岐にわたっていて、あらゆる汚染から狙われていると言っていいんです。ですから管理には気を遣っているつもりです」

力説する彼女が最新式だと、温湿度調整器の計器を見せてくれた。同じ個人蔵でもこの前の青山邸とはずいぶんな違いだ。

「……すみません。私、この世界の常識がよくわかってないんですけど。愛があるのはわかりましたが、普通、ここまで丁寧に保管するものなんですか？」

こっそり有馬に聞いてみる。保護法すら知らなかった青山邸の徳利たちはともかく、有馬の家ではつくも神たちは二十四時間、自由に動き回っている。おとなしく桐箱におさまって眠っているのは少数派だ。

「まあ、俺の家にいるのは比較的時代の新しい品が多いしな。助五郎は県の指定を受けた有形文化財でもあるし、その分、保護管理の条件が厳しくはなるのだが」

さすがにこれはやりすぎな気もすると、有馬が眉をひそめる。

「県指定重文を個人蔵にしてしまった責任感が、プレッシャーになっているとか？」

「それだけではない気がする。何か、恐れているような」

恐れて？　郁は首を傾げる。

「つくも神なんて超常現象とこんな寂しい山中でひとり暮らしをしながら、警備は万全だから大丈夫なんて言うかたですよ？　今さら何を恐れると」

「それはそうなんだが……」

有馬の歯切れが悪い。

問題の助五郎は、白木の桐箱に収納されていた。

妙子さんが手袋をつけた手でそっと蓋を開ける。中には綿につつまれた木枠だけが入っていた。

「……バラバラにして保管してあるのですか」

「ええ。それぞれ部位によって保管法が違いますから」

例えば、保管に適した湿度は材質によって違う。紙、木、染織物、漆なら五十五％から六十五％。象牙や革、羊皮紙などは五十から六十五。化石は四十五から五十五で、金属や石、陶磁器は四十五％以下だそうだ。

「助五郎の主な骨組みは木材。ですがここだけでもミズメや樫《かし》、木曽檜《きそひのき》など六種類もの素材を使っています。他にも真鍮に鉛、竹や和紙、絹糸、鯨のひれ、と。繊細な素材が多くて。少しでも歪みが生じれば絡繰りは機能しませんから」

一般に、江戸絡繰り人形と呼ばれる物には、さっき郁が動画で見た茶運び人形の他にも、墨で字を書いてみせる文字書き人形、弓を放って的に当てる弓曳童子、アクロバットな動きを見せる段返り人形に、手品を見せる品玉人形と、いろいろあるそうだ。

今回の妙子さん所有の人形は、煙吐き人形。

脇息《きょうそく》によりかかった座位姿の人形で、成人男性の姿をしている。体内の器にお香を焚いてのせると、粋な手つきで煙管《キセル》を吸い、ぷかりと煙を吐いてみせるのだとか。

「当時の花形役者を象《かたど》ったとかで、顔を上向けて煙を吐く姿がそれはもういなせで格好よくて。自身も煙管愛好家だった祖父が惚れ込みましてね。当時の持ち主に頼み込んで譲ってもらったんです。保存上の問題があるので最近は煙を吐かせてはいませんが」

説明しながら、彼女が迷いのない手つきで助五郎を組み立てていく。その丁寧でありながら的確な動きを見ると、彼女が何度もこの動作を繰り返していることがわかる。

まず、組み立てるのは内部の駆動部。

助五郎の主な絡繰りは煙管を口に運ぶ腕部分と、唇へと通じる煙の通路を閉じたり開けたりする部分。絡繰り人形としては比較的単純な作りだが、実際の動画を見せてもらうとひとつひとつの歯車が噛み合って、実に自然な動きを見せる。すごい細工だ。こんな物を精密機械もない昔の人が作ったなんて。それを言うと有馬に、

「お前な。昔の職人たちをなめるなよ」

と、白い目で見られた。

「幼いうちから弟子入りし、切磋琢磨した達人の技は、今の精密機械でもかなわない。例えばこの着物の織りを見ろ。結城紬だが、今では再現不可能だぞ」

有馬が助五郎の着物を示す。手で紡いだ無撚糸を使った織技術は、国の重要無形文化財やユネスコ無形文化遺産指定を受けている。江戸時代といえば鎖国をしていたこともあり、世界から取り残されたイメージがあるが、今ではすたれた手工業、職人の技は、

素人の郁から見てもかなりの水準だ。

そしてこの着物の生地はそんな失われた技術の粋のひとつ。

「この布が重文……。そういえば助五郎も県の指定を受けていましたね。そもそも国宝と重要文化財ってどう違うんですか。線引きが今ひとつわからないんですけど」

「一応、その品がもつ芸術的、歴史的価値などで差をつけることになっている」

国宝も重文も文部科学大臣、つまり日本政府が審議、指定するが、その中でも『世界文化の見地から価値の高いもの』を国民の宝、国宝とするそうだ。

「だが旧制度下、つまり当時の政府の時には現在、重要文化財と呼んでいる物も国宝と言っていたし、俺から見れば人が勝手に区分した物、と言いたくなる時があるな」

例えば、と有馬がいつもの蘊蓄を語りだす。

「国宝とされている石川県某美術館蔵の『色絵《いろえ》雉香炉《きじこうろ》』。江戸時代の陶工で京焼の祖となった男の作で、鮮やかな彩色や今にも飛び立ちそうなピンと伸びた尾、羽を開く前のうずくまった雄雉の姿を捉えた緊張感が秀逸な香炉だが。実はこの品、同じ陶工によって対でつくられた雌の香炉もあるんだ」

「え。青山翁の徳利みたいな雌雄一対ってことですか。すごいですねその人ふたつも国宝をつくったんですか」

「いや。俺から見れば出来上がりに差もなく、優劣つけがたい存在感があるが。先に所蔵された雄は国宝だが、雌は重文だ」

「へ？　何ですか、それ」

納得いかない。実物を見たわけではないが、なぜセットで国宝にしなかった。

「いろいろ大人の事情もあったのだろうが。別に国宝だからいい、違うから駄目ということはない。人の好みはそれぞれだ。見て、好き、嫌い、それでいいと俺は思う」

そうだった。思い出の品はそれぞれだけでプライスレス。

そうこうするうちに組み立てが終わり、助五郎が目を開く。

話に聞いたとおり、町人髷《まげ》に一筋の乱れ髪が悩ましい、色男だ。

実際には人形としての眼は最初から開いていたのだが、妙子さんが丁寧にすべてを組み終わり、声をかけた時に、器に〝魂〟が宿るのがはっきりとわかった。

徳利たちのように新たな手足が生えだしたりすることはない。人形姿のままだが、その瞳に、無機物ではありえない叡智の光が宿る。同時に、ぽっ、と。雪洞に灯が入ったように唇に艶やかな朱色が点って、郁は息をのんだ。

（すごい、まるで生きてるみたい……）

有馬が人間臭いと言っていた意味がよくわかる。

こちらをちらりと見る切れ長の目のわずかな動き。あえかな風にふるえる長い睫毛。人間そのものだ。それだけではなく、美しい。白いうなじのあたりなど、男性体であるのに麗しいとしか言いようがない。色気が匂い立つようだ。当時の人気役者を模したとは聞いたが、水も滴るいい男とはきっとこの助五郎を指すのだろう。讃岐家の先々代が一目惚れしたのも当然だ。見慣れているはずの妙子さんまでもが、うっとりと、その横顔を見つめている。いわんや、有馬は。

「有馬さん、どうどう、夫人がひいちゃいますよ」

「く、せめてもう十センチ。近くで愛でさせてくれ」

相変わらず鼻息荒く、上ずった声を出す有馬を押しとどめる。いい加減このやり取りがデフォルトになってきた。

気を取り直した妙子さんが、助五郎に話しかける。

「さあ、助五郎。言われたとおり、有馬さんを連れてきたわ」

『……ああ、有馬の。そうか、歳が違うと思ったら、代替わりしたのかい。なんと、あの時の坊がねえ。見違えたよ』

時がたつのは早いねえと言われて、有馬が居心地悪そうにする。親戚のおじいさんの前に連れてこられた子供みたいだ。

　助五郎は外見だけでなく、中身も人間臭いつくも神だった。流暢な役者口調で、いきなり要求を出すのではなく、人間同士がするように互いに近況報告や世間話を交わす。そのうえでようやく用件を切り出した。

『今日はわざわざ来てもらって悪かったね。もうだいたいのとこは嬢から伝わってると思うが。お前さんを呼んだのは、確認がしたかったからだよ』

　と、一拍置いて、尋ねてくる。

『つくも神ってのは重文指定がついても、国内であれば売買できるんだよな？』

「助五郎！」

　そこで妙子さんが悲鳴のような声で割って入った。

「お願い、いたらないところがあるなら言って。あなたは私にとって家族も同然の人形なの。良くないところがあれば改めるから、思い直して」

『ああ、違うよ。嬢、お前さんにいたらないところなんてないよ。十分よくしてもらってる』

　助五郎が妙子さんをなだめて、有馬の方を見る。

『ただ、悪いねぇ。俺は、新しい主人がほしいんだよ』

　どうだい、問われて有馬が渋い顔で答える。

「……保護法的に可能か否かを問われれば。もちろん可能だ。海外への持ち出しは禁止だが、国内であれば所有者変更の届け出を出さねばならないとはいえ、売買はできる」

ただ、と有馬も言葉を切って、助五郎に向かって姿勢を正す。

「難しいぞ。絡繰り人形は人気の品とはいえ、つくも神化しているうえ、お前自身も県の重文クラスだ。管理費がかかる。それでも欲しいと言う者がどれだけいるか」

所有物がつくも神化した場合の各方面への差し障り。政府がその存在を秘密にする、数多い理由の内のひとつがこれだ。

国宝、重文指定物と同じく、つくも神という貴重な国民の宝を次代に受け継がせるため、所有者に保存管理の義務が生じるのだ。つくも神の場合、なまじ動き回る存在のため、逃亡防止策をとるなど、さらに管理条件が厳しくなる。有馬の家のように代々つくも神を所蔵してきた家であれば設備も整っているが、一からそろえるとなるとかなりの覚悟がいる。

そんな古器を所有することを名誉と考える人もいるが、面倒と避ける人もいるわけで。へたにつくも神の存在と保護法を公にすると、先の青山邸事件のように、発現したのがばれる前に古器を処分しようとする人や、届け出を出さずにつくも神を隠してしまう人が出てくるのだ。経済的余裕のある人でないとつくも神の所有は難しい。

「それと、俺はあくまで交渉人だ。当然のことながらお前の所有者は妙子さんで、俺にお前を売るよう強制する力はない。彼女の同意がなければ所有者の変更はあり得ない」

だから、

「妙子さんを納得させられるだけの理由を聞かせろ」

と、有馬が迫る。

「ただの気まぐれ、じゃ承知せんぞ。それ相応の理由があるんだろうな」

『そう言われてもねえ。他意はないさ。強いて言うならひとところにいるのに飽いたからかね』

「真剣に答えろ。こっちはお前の返答次第で面倒な手続きを始めないといけないんだぞ」

『じゃあ、ちょいと新しい風が吸いたくなっただけさね、とかはどうだい』

「とかはどうだい、ってそんな言いかたがあるか！　だいたいフィーリング重視に言い換えただけじゃないか。真面目にやれ！」

「やめてください、有馬さん、助五郎を責めないで。私が悪かったのよ……」

そんな感じに、有馬と助五郎の押し問答に妙子さんの涙ながらの懇願が混じって。

修羅場だ。警官が介入するのを嫌がる家族喧嘩や男女のいざこざに似たやり取りがまったく進展のないまま二時間以上続く。

郁が足のしびれに耐えきれなくなってきた頃、ようやく助五郎が折れた。しぶしぶな表情ながらも、本当の理由を話し始める。

『……何年か前に人形作家だってえ女がこの家に来ただろう。俺を見に』

有馬が目顔で妙子さんに確認する。彼女曰く、先代当主が健在だった頃に創作のヒントにしたいと、東北在住の現代人形作家が自作の人形持参で訪れたことがあったそうだ。

「つくも神であることは知らず、純粋に絡繰り人形を見たい、ということでしたので、助五郎には動かないようにと言って会ってもらったのですけど」

「なるほどな。で、それがどうかしたのか」

『俺に皆まで言わせるなよ。照れるじゃないか』

助五郎が頬を紅く染めて、頬を掻いた。

『その、なんだ。惚れちまったのさ』

「は……？」

『だから一目惚れをしたのさ、あの女に。添い遂げてえから所有者変更をしたいのさ』

わかりやすい理由だろ、とさらりと言われて有馬が吠えた。

「はあ⁉　色恋沙汰だと？　そんな理由でここまでしてくれている妙子さんと別れるの

か？　言っておくが、この人ほどお前を大切にしてくれる所有者はいないぞ!?」

だが助五郎は言うべきことはすべて言ったと、つんと横を向く。

有馬がなおも食い下がったが、あまりな理由を聞かされた妙子さんは声も出ない有様だ。衝撃が強すぎたのだろう。口に手をあて、ふるえている。郁も何と言えばいいかわからず、黙っていることしかできない。

その場に気まずい空気が流れて、やがてどんよりと淵のように溜まって淀んで。

そこまで来てようやく場の空気を読んだのか、有馬がため息をついて話し合いに区切りをつけた。

「……とりあえず休憩にしよう。あとで落ち着いてもう一度、話を聞く。今度は所有者、つくも神、それぞれ別々に、だ」

2

「いつもならすぐ分解して保管するのですが」

あなたがたがいらっしゃるので、この件が片付くまではこのままにしておきます、と。

妙子さんは蔵内に有馬と郁が自由に出入りすることを許してくれた。くれぐれも触れたりしないでくださいね、胡粉《ごふん》に染みができますから、と念を押して去っていく。

その後ろ姿が悄然《しょうぜん》として、今にも崩れ落ちそうに見えたのは気のせいではないだろう。

無理もない。彼女が助五郎を大切に思っているのは、保存環境や彼を組み立てる手つきを見ればわかる。迷いのない、何度もこの作業を繰り返したのがわかる丁寧な手つき。

彼女は心の底から助五郎というつくも神化した人形を愛している。なのにその品から「もっと好きな相手ができた。だから別れたい」と言われたようなものなのだから。

休憩を兼ねて母屋でパソコンを借り、くだんの人形作家について調べてきた有馬が、さらに渋い顔になって戻ってくる。

「古来より異種婚姻譚は多い。つくも神だって心があるんだ。恋をすることもあるだろう。ならば交渉人として頭から否定したりせず、相手との仲を取り持とう、と答えるべきかもしれんが。血肉ある妖と違って、元が器物であるつくも神が人と結ばれるのは難しいぞ」

しかもくだんの人形作家は球体関節人形作家で、絡繰り人形や骨董愛好家というわけではないらしい。

「ネットにある作品群を見てみたが、西洋の少女を模した作品が多い。とても多額の維持費をかけてまで、助五郎が欲しいとは言わないだろう。片恋以前の問題だ」

　これが彼女の作品のひとつに恋をしたというのなら、何とか譲ってもらい、この家で一緒に暮らすこともできる。が、作家本人に恋をしたというのではどうしようもない。

「それにまだ引っかかる。俺は昔、祖父に連れられてこの家に来たことがあるが。その頃は助五郎も母屋で自由にしていてな。何度か言葉を交わしたが、色恋で周りが見えなくなるようなつくも神には見えなかった。讃岐一家との仲も良好で、自分のおかれた状況に満足しているようだった。だからこの依頼を聞いた時からどうも違和感があるんだ」

　確かに。くだんの人形作家に一目惚れしたのが数年前なら、なぜ、今頃になって会いたいと言いだしたのか。

「そこで、お前の出番だ」と有馬が言った。

「今回、薫ではなくお前を連れてきたのは、助五郎の真意を探るためだ。お前、つくも神の感情に同調できたよな？」

「え、はい、まあ……」

　郁は自分の左手を見る。手袋に守られた指には、つくも神憑きの指輪がはまっている。これを通して今の郁は対峙したつくも神の感情の揺れを己の物とすることができる。

「でも珍しいですね。いつもはつくも神側に立って、トラブルが起こるのは人に問題があるからだと言い切る有馬さんなのに」

今回は助五郎の望みを叶える方へは動かず、微妙に人に肩入れしているように見える。

「……もしや妙子さんがいわゆる幼なじみの美人さんだからとか？」

「何か言ったか」

「いえ、何も」

有馬に限ってそれはないか。彼は美術品やつくも神にしか興奮しない変態だ。

「まず、俺が質問をぶつける。所有者変更が助五郎の本心からならいいが。もし違っていたら、なぜそんなことを言いだしたか、その真意をできるだけトレースしてくれ」

「了解です」

責任重大だ。


助五郎が久しぶりに煙管を吸いたいと言ったので、妙子さんに、心を和ませるためだからと無理を言って、お香一式を貸してもらう。

有馬の慎重な手つきで煙を上げる香を体内にセットされた助五郎は、『ああ、これだ、これ』と、うまそうに煙管を吸うとぷかりと煙を吐き出した。

『くうー、いいねえ。体に悪いからってもうかれこれ二年は吸ってないよ。ありがとよ』

「一服したところで話し合いの再開といこうか。お前希望の入り婿の件だが」

有馬がぐいと顔を近づける。

「嘘、だな」

『は？』

「悪いがこちらには優秀な嘘発見器がいてな」

どうも、嘘発見器です、と、郁はぺこりと頭を下げる。

「そこらのポリグラフより正確につくも神の心の揺れを把握する。悪いな、今のはかまかけだ。お前、俺が『嘘、だな』と断言したら、どきりとしたな」

有馬が意地悪く笑った。

「図星だったわけだ」

『な、狡いじゃないか。それでもつくも神の信頼を得た交渉人、有馬一族の男かい』

「何とでも言え。それを言うならお前だって先に仕掛けただろう。俺の精神的優位に立とうとはるか昔のことを持ち出して。そんな人間臭い相手に遠慮などしていられるか」

最初の挨拶の時に『坊』と呼ばれて年下扱いされたことだ。根に持っていたらしい。

『……だがよお。こちらの身にもなっとくれよ。正直なところ今の有様を見てどう思う？』

「どう、とは」

『こちとら初物好き、火事見物上等の江戸っ子だよ？　それが最近はずっと分解されたまま、こんなとこに閉じ込められて。確かに俺は年寄りだがね。まだちゃんと歩けるんだよ。火事だろうが芝居だろうが見に行けるんだ。それがどうだい』

助五郎がすっくとその場に立ち上がる。座った姿のまま着物を着せかけてある助五郎は、本来、立ち上がることはできない構造になっている。が、そこは不思議存在だ。組み立てられ、命が宿った時から着物の下には二本の足が生えて歩行可能になっている。大店《おおだな》の若旦那めいた品のいい着物。まだ暑さの残る季節にふさわしい、涼し気な越後《えちご》上布の単衣に長羽織をつけた立ち姿は本当に美しい。その憂いを帯びた表情と手にした煙管がまたよく似合っている。

己が歩けることをたっぷりと郁と有馬に示してから、助五郎が羽織の裾をはらうと、錦の座布団に座り直す。

『今は生きながら棺桶に閉じ込められてるようなもんさね。俺の場合、分解されて収納されている間は意識もないいんだよ。何も見聞きできやしない。愚痴のひとつも言いたくなるだろう？』

郁は初仕事の、自由を求めて逃げ出した女神様のことを思い出した。それは確かにつらいかもしれない。

『外の空気を吸いたくなるってぇか、ここを出て行きたくもなるよなあ。嬢も昔はこうじゃなかったんだが』

ため息をつきながら、しみじみ言われた。

「あの、そんなふうに、はっきりとやりたいことがあるなら、妙子さんは言えば叶えてくれそうですよ。ちょっとお散歩とか」

『監視付きでかい？　そんなの、自由、とは言わないよ』

宙を仰ぎながら、助五郎がまた煙管を咥《くわ》える。

『俺が蔵から出たいと言やあ、嬢のことだ。ならば、と、敷地全体をこの蔵の中みたいに空調とやらをきかせた空間にしかねないよ。金だけはある家だからねえ』

確かに、やりかねない。まだ会って数時間だが、助五郎に関してはあの人はかなり神経質になるということは理解した。

『だから待遇を変えるとかそういう問題じゃないんだよ。うまく言葉にできないがねえ』

大事にされすぎてるから、ってことかねえ、と、吐き出された煙管の煙がふわりと宙を舞う。

『ひとつのとこに長く居すぎたのかもしれないよ。お互い、愛着がわきすぎた。だからさ、嬢に伝えとくれ。この家から出してもらえないってぇなら、俺の望みは……、無に還ることだ、ってね』

「なっ」

思わず郁は叫んでいた。助五郎に詰め寄る。

「何言ってるんですか、それって死んじゃうってことですよ？」

『わかってるよ。だけどこう、重いんだよ、あいつの心が』

こうして隠居どころか大事にしまい込まれて、なのにそうしている間も嬢に壊れやしないかと心痛をかけ続ける。それがきつい、と、助五郎は続ける。

『もう長く生きすぎたんだよ。これ以上、人の足を引っ張ってここに居続けるのは、ぜんまいのすべてがきしんですり減ってくような苦痛でねえ。所有者を変えれば少しはましになるかと思ったんだが……』

その声は深く、重く。郁に真実だと語っていた。

生きるのが重い。その先に光を見ることができない。

その感覚はまだ十六年しか生きていない郁にはわからない。だが、それが助五郎の真実の要求というのなら。

「……叶えられるように、妙子さんと交渉した方がいいんですか、有馬さん？」

自分たちは交渉人で、助五郎の要求を妙子さんに伝えるために来たのだから。

「でもこんな要求、妙子さんが聞いたらそれこそ倒れちゃいますよ」

あんなに、大事にしているのに。

それに、ここから出られないくらいなら生を終わらせたいという助五郎の願いが、真実の物とは思えない。だってさっきから左手の指輪が反応している。苦しい、切ない、と泣いている。

助五郎は嘘を言っていない。それは確かだ。

だが、同時に真実でもない。

なぜなら、望みを吐露した今も変わらず、助五郎の心には、もやもやと重苦しい雲が立ち込めている。誰か助けてくれと叫んでいる。

何がそんなに苦しいのか。なぜ、本当のことを言わないのか。郁にはわからない。だが今のこの状態が、誰にとっても幸せを招いていないことだけはわかる。

「お願いです、思い直して本当のところを教えてください。この家を出られないなら壊れてしまいたいなんて、嘘、でしょう……？」

郁は訴えた。だが助五郎はこれ以上の話し合いは無駄とばかりにまた眼を閉じる。

重苦しい香の薫りがする。息ができない。

誰も物を言えずに佇む中、煙管からもれた頼りない香の煙だけが、隔離された、出口のない蔵の中でたゆたっていた。

実りのないまま夕方になった。

しかたなく、続きは明日ということにして、薫さんが予約を入れてくれた旅館にチェックインする。とにかく助五郎の本音を聞き出さないことには真の解決は望めない。ぎりぎりまで交渉して、無理そうなら郁だけは学校があるので先に神戸へ戻って、有馬はこちらに居続けることになった。

「台風が近づいているしな。万が一があるから早めに終わらせたかったんだが」

案内を待つ旅館のロビーで、ネットの天気図を見ながら有馬が言った。最近は盆前に来ることが多く忘れていたが、日本の秋は台風シーズンだ。今、遅れて発生した台風はフィリピンの沖にとどまっている。大陸へそれて日本直撃はなさそうだが、本州に向かって橋を渡る時に強風に襲われるのは勘弁だ。

「ま。ここでじたばたしても始まらん。いったん浮世の悩みは忘れるぞ」

あー、長時間の運転で肩凝った、と、ぐきぐき腕を回した有馬が、宿の人に渡された温かいお絞りで顔を拭いている。おっさんか。

それにしてもいい宿だ。金毘羅宮《こんぴらぐう》への参道が目の前という立地の旅館は、老舗旅館をリニューアルしたばかり。参道に面した別館は、ずらりと並んだ提灯や、文豪が逗留していた時代を思わす反り返った屋根、今にも浴衣姿の湯治客が団扇《うちわ》を手に姿を現しそうな木枠の窓と柵が温泉情緒たっぷりだ。

さもありなん。かつて国の登録有形文化財に指定されていた旧館の古材を使い、往年の佇まいを再現してあるらしい。

中に入るとほどよく近代の雰囲気がプラスされ、選べる浴衣や甘味の用意まである。

仲居さんに案内された部屋もまたすごい。貧乏暮らしに慣れた郁には別世界だ。備え付けのコーヒーミルやアメニティに目を丸くしていると、有馬が聞いてきた。

「どっちの部屋を使う？」

言われて部屋の間取りを確認して、郁は薫さんがなぜこんな高そうな宿を予約したのかがわかった。デラックスな三人用の部屋は、ツインベッドが並んだ部分と、キングサイズのベッドがある部分とが壁と扉で別室のように完全に区切れるようになっている。

「あー、薫さんに気を遣わせちゃったなあ……」

有馬とは、初出張の段階ですでに会議室で互いに机に突っ伏して仮眠、機中の隣席同士で爆睡をしている有様で、今さらだが。それを知らない薫さんは、ビジネスホテルで隣り合う二室を予約すると完全に別の部屋で未成年者のひとり泊まりと変わらず危険。かといって座敷で雑魚寝を女の子にさせるのも、と悩んだ末にここを選んだのだろう。

何というか、気遣いの域が大人を越えてお母さんだ。綾音さんは有馬のことを保護者として長い目で見てやってと言っていたが、薫さんがいればまったく問題ないと思う。

せめてお礼にお土産を奮発しよう。山形の時は有馬にお任せだったが、今回は自費で薫さんに何か買っていこう。テレビのあるツインベッドの方を有馬に譲ったあと、ひとり、部屋で荷ほどきしつつ、香川土産は何がいいかとネットで検索していると、ノックの音がして有馬が誘いに来た。

「飯の前にひと風呂浴びてくるが、お前はどうする？」

そういえばここは温泉地だった。保護者同伴推奨は薫さんの気遣いだ。無にするわけにはいかない。一緒に出かけることにする。

特に会話もなく大浴場前に到着すると、有馬が、ぽん、と郁の頭に手をのせた。

「あがったら、そこらで待ってろ」

ぽんぽんとあやすように手を動かすと、郁が返事する間もなく男湯に消える。

有馬も一応、保護者として気を遣ってくれているらしい。

が、せめて、半時間後、とか時間指定がほしかった。集合はいつだ。

女湯は内湯も広くてサウナや水風呂の他に寝湯や打たせ湯、露天風呂まであったが、有馬を待たせてはいけない。急いで体を洗うと外へ出る。が。

（……いないし）

男性は風呂が早いというし、有馬は温泉情緒を楽しむより部屋で美術品目録を見る方がいいというタイプだから、早湯だと思ったのだが。

しょうがないので近くを歩いて時間を潰していると、ロビーに売店があった。薫さんへの土産を買いたかったのでちょうどいいと覗いてみる。すると、有馬がいた。

浴衣にどてらの湯あがりルックで、店内に仁王立ちになっている。

やはり早湯だったか。というか、いくら自分の方が早くても、集合場所から移動しないでほしい。待ち合わせの意味がない。

有馬が熱心に灸《きゅう》まんと書かれた饅頭や香川漆器、廃ガラスが原料だという風鈴を見ていてこちらに気がつかないので、しかたなく店に入る。

「余計な物を買って帰ったらまた薫さんに叱られますよ」

「わ、なんだお前、もうあがってきたのか。べ、別に欲しいわけじゃないぞ。ここにあるのはレプリカや安価な量産品ばかりだし……」

「ストップ。それ以上言うと薫さんにチクりますよ」

堂々と店員の前で言ってどうする。というよりその目付き。

「どう考えても負け惜しみで、欲しい物がたくさんあるんでしょう。駄目ですよ」

「せめて見るだけ。いいじゃないか、減る物じゃなし！」

小学生か。

店員さんの目が生ぬるかったので、もう出ようと有馬の腕を引っ張ると、水滴が郁の頬にはねた。よく見ると、有馬の髪が濡れたままだ。

「何やってんですか、有馬さん。雫垂れますよ」

風邪を引く以前に旅館に迷惑だ。商品にかかったらどうする。急いでロビーに引っ張り出すと、ソファに座らせて髪をタオルでこする。と、郁の方が逆に腕を引っ張られた。

「お前だってまだ生乾きじゃないか。女湯にドライヤーはなかったのか」

隣に座らされ、頭からタオルをかけられ、ごしごしとこすって有馬が反撃してくる。さすがは成人男性。インドア派でも結構な力だ。

「だいたいこれだけ長いと面倒だろう。なぜ伸ばしてるんだ？」

「女子のカット代って高いんですよ。短くしてるとしょっちゅう切らないといけなくて。それなら伸ばして自分で毛先だけ整える方が簡単で」

「その長髪は不精の結果か……！」

「そんな同志を見るようなキラキラした目を向けないでください。私のは倹約の結果で、有馬さんとは根本的に違うと思います」

面倒がる有馬を車に押し込み散髪に行かせるのは、薫さんの重要な仕事のひとつだ。

「……なあ。前から思ってたんだが、お前、俺と薫じゃずいぶん態度違わなくないか？」

今ごろ気づいたのか。有馬が心なし、しゅんとしたような顔で言う。

「確かに俺はまだ十代のお前から見れば年寄りで、理解しがたい生き物かもしれんが。薫だって同じ歳なんだ。差別は良くないぞ」

「差別ではなく、区別です。出張中は薫さんの代理で有馬さんのお世話をしてるようなものですから」

「はあ？　お世話？　何だそれは。逆だろ、俺が保護者でお前は被保護者だぞ」

「じゃあ、有馬さんが私のお世話をしてくれてるんですか？　その割に、お風呂からあがったら誰もいなかったんですけど。ここで待ってろって言ったの有馬さんなのに」

「そ、それはお前がこんなに早くあがってくるとは思わなかったからだ。ネットを検索しても女の風呂は長いと出てくるし、ならばその待ち時間を有効活用しようと……」

「だったら最初に待ち合わせ時間決めてくださいよ。待たせちゃ悪いと超即行で入ってきたんですよ。もっとゆっくりしたかったのに」

「だからってなあ……。悪いのは俺か？　俺なのか？」

ぶつぶつ言いながら有馬がさらにタオルをこすってくる。視界をふさがれてじたばたしていると、他の宿泊客だろうか、くすくす笑いながら通り過ぎる気配がした。

旅館のロビーで髪を拭きっこするふたり。完全に痛いカップルだ。乱れ髪の有馬にうっとり見惚れる女性客の中には、郁に剣呑《けんのん》な目を向ける人もいるのがいたたまれない。

「……もういいです。時間があるならもう一回、浴場に戻って乾かしてきます」

有馬を押しのける。

「有馬さんだってその髪、早く何とかしないと。夕食の時間に遅れちゃいますよ」

保護者なら、予定時間どおりに子供にご飯を食べさせてください、と言うと有馬はおとなしくなった。浴場前までエスコートしてくれる。

自分も髪を乾かすために男湯に入る時、有馬がついでのように、

「待ち合わせ時間は気にせず、ゆっくり自分のペースで乾かしていいからな」

と、言ったのは、入浴を急かしたことを彼なりに気にしてくれたのだろう。さっき、きつめの言いかたをしてしまったのに、なんて大人な対応だ。郁は感動した。ただ、

「もし俺の方が早かったら、さっきの土産物屋にいるからな。出てきて誰もいなかったら、そっちに迎えに来てくれ」

と、脱衣所の扉をくぐりつつつけ加えたのは、少しだけ余計かな、と思った。

3

翌朝、再び讃岐邸を訪ねる。

有馬の運転で一緒に来たが、降りるのは郁だけだ。有馬は昨夜、薫さんがメール送付してくれた資料をプリントアウトするため、市街地に戻ってコンビニを探すという。

「お前ひとりの方が彼女も話しやすいかもしれん。俺が戻るまでに話を聞いておけ」

そう言って、有馬は去っていった。別行動だ。こんな半人前に真意を打ち明けてくれるかなと思いながらも、お手伝いさんに母屋へと案内してもらう。

妙子さんは広い座敷に、ぽつんと座っていた。

辺りには、紫に赤、黄、緑と色鮮やかな着物が幾重にも広げてある。その中でただひとり、ぼんやりと宙を見ている妙子さんは、深山《みやま》に咲く椿の樹下で、華やかな落花に埋もれて途方にくれる迷子のようだった。

そっと近づいて、声をかけてみる。

「……虫干し、ですか」

「ああ、郁ちゃん、だったかしら……？」

ぼうっとしていた妙子さんの眼に、ゆっくりと焦点が戻ってくる。

「ええ、そうなの。昨日、あんな話を聞いたばかりだから。つくも神ではないけれど、この子たちもたまには出してあげないと嫌われちゃうかしらって思って」

日向に干してはいけないから、家の外へは出してあげられないけど、と、妙子さんがため息をつく。

「日にあてると劣化が早まるだけじゃなく、羽や毛を食べる虫もつきやすくなるのよ。特に絹は蚕《かいこ》の繭《まゆ》からつくるから。蚕の血肉だから、放っておくと食べられちゃうの。絹も生物だから。生きてるから。そう、生きてるのよね、皆。心があるの……」

独り言のようにつぶやきながら、妙子さんが小さな桐箱を引き寄せる。中に入っているのは産着のように小さな着物だ。

「これ、もしかして、助五郎の……？」

「ええ。スペアというのかしら。助五郎がうちに来てから、祖父があつらえたの。助五郎は洒脱な若旦那という設定だから、着物も数あった方がいいだろうと言って、わざわざ当時の反物を集めて、職人さんにも凝って」

広げてみせてくれた着物は染めも刺繡も手が込んでいて、豪奢な物ばかりだった。

今まで和装に縁のない暮らしをしていた郁だが、今の家に来てから眼が肥えた。出張先で収蔵品の日本人形や着物に触れることが増えたせいもあるが、有馬の父も祖父も着物派だったらしく、家にその手の物がたくさんあるからだ。

そんな郁から見ても、この衣装はかなり質がいいとわかる。

「有馬さんのおじい様もお父様も美術品蒐集家として有名なかただけど。ご自身も見事な腕をお持ちの工芸家でもあったのよ。だからその時もお手伝いいただいたわ。一式、そろえていただいたの。ついでに、助五郎の修復もお願いして」

「その縁で、有馬はこの家に出入りしていたんですね」

「そうよ。あの頃はこの家も賑やかだったわ。いろいろな人が出入りして、広げられた着物が満開の花筏《はないかだ》のようで。……思えばあの頃がこの家と私の一番華やかな時だった」

それから、少し間をおいて妙子さんがぽつりと言葉をもらした。

「私ね、子を亡くしたの」

「え」

「といってもお墓もないけど。妊娠十週目じゃ死産とは認められないから」

私ね、何不自由ないお嬢様育ちだったの、と妙子さんが語る。

「旧家のひとりっ子で、跡取り娘で。どんな望みも口に出す前に叶えてもらえたわ。年頃になれば結婚相手も父が部下の中から良い人を選んでくれた。私はずっとこの邸で笑っていればよかったの。だから……人生をなめていたのかもしれない。罰《ばち》が当たったの」

三年前、彼女の両親は仕事の打ち合わせのため会社へと出かけて、その帰りに土砂崩れに巻き込まれて亡くなったそうだ。

「それを聞いた私はショックで流産してしまったの。それからも家族を亡くしたことからいつまでも立ち直れない私にしびれを切らして、知人たちもひとり去り、ふたり去り」

とうとう夫も去っていった。

「そうして。残ったのはこの邸と助五郎だけ」

おどけた仕草で、妙子さんが座敷の四方を指し示す。

「昔はね、助五郎も蔵にしまい込んだりせずに座敷に飾っていたのよ。祖父も父も道具は使ってこそ意味があるという考えだったから。助五郎にもよく煙を吐かせて一緒に煙草を楽しんでいたわ」

でも皆いなくなって。過去を偲《しの》んで彼女が泣き暮らしている時、住み込みの使用人が助五郎と金目の品を持って逃げた。幸い彼は捕まり、助五郎は戻ってきた。だが。

「それからよ。私が助五郎をあの蔵に閉じ込めたのは」

怖かったの、と妙子さんは言った。家族が誰もいなくなった家で、このうえ助五郎までいなくなったら本当にひとりになってしまうと。

だから自分以外の人間を遮断した。

邸から住み込みの使用人をすべて出し、知人や会社関係の訪問客も断って。自分以外のすべての人間を拒んだ。見かねた助五郎に叱られたが、それでもやめられなかった。

奪われたらどうしよう。助五郎を壊されたらどうしよう。

盗人になったのは父の代から仕えてくれていた信頼のおける男だった。そんな彼でも裏切った。助五郎の他はもう何も信じられなくなっていた。

そう語る妙子さんに、郁はなぜか、有馬の家で見た組紐を思い出した。薫さんの首に幾重にも巻き付いて、ゆらり、ゆらりと揺れていた、血の色をした紐を。

「私、機械警備も強化して、人も通いのみにして、万全の備えをしたと思ってた。でも助五郎にしてみれば牢に入れられたようなものだったのね。そんなこと思いもしなかった。私、助五郎のことを家族と言いながら、物として見ていたってことね。ひとり寝の寂しさは、誰よりも知っていたはずなのに」

持ち主失格よ、と妙子さんは薄く笑った。

「ねえ、あなたたちは交渉人だけど、助五郎が無事に先方に受け入れてもらえるまで世話をしていただけるのかしら」

「え……」

「一生懸命やっていたつもりだったけど、違ってた。なら、引き留めるのは私のわがままだわ」

それに、私に何かあってもこの家を継ぐ人間はいない、と妙子さんは言った。

「助五郎を託せる人が誰もいない。なら、私が生きている間に、新しい落ち着き先を探した方がいいのかもしれないい」

私、助五郎を手放そうと思うの。それが、彼の幸せなら、と。

彼女が言った。そんな妙子さんを見て郁は思った。時を経てつくも神となる古器たち。つくも神化する物としない物とがあるのは、この差ではないかと。

もっと長く存在してほしい。一緒にいてほしい。
そう願う人の心。そしてそんな人間たちともっと一緒にいたいと願うモノの想い。そ
れらが合わさって奇跡を生むのではないかと。
「もちろん、お代はいらないし、ここの設備をすべてお譲りしてもいいわ。だから……
助五郎を大切にしてほしい。ううん、そうなるように私は何だってするわ。そのことを
先方の……女性に伝えてほしいの」
そういえば妙子さんには助五郎の恋が嘘だとまだ告げていなかった。この件の解決が
つくまで細かく報告しても一喜一憂させるだけ、それくらいならすべて終わってから話
そうと有馬が言ったからだ。どうしよう、彼女は誤解したままだ。
郁はおろおろと時計を見た。早く有馬に帰ってきてほしい。そんな郁に、「せっかく
骨を折ってくれたのに、ごめんなさい」、と妙子さんが微笑みかけた。「ふふっ、おかし
いわね。私、小さい頃は本気で助五郎のお嫁さんになるつもりだったのよ」と。
「この邸には祖父の仕事関係の人がいっぱい出入りしていたけれど、皆、大人ばかり。
一緒に遊んでくれる子供はいなかった。父母も祖父も忙しくて、私を着飾らせはしても
かまってはくれなかった。そんな中、助五郎だけが私といてくれた」
寂しがる私を心配して、からかって、叱って、遊んでくれた。ずっとずっと一緒にい

てくれた。守ってくれた。

「私には助五郎しかいなかった。だからもっとずっと一緒にいたくて、助五郎の着物をつくる時、私のもこしらえてとだだをこねたの。そろいの花嫁衣装のつもりだった」

助五郎も、いいよ、もらってやるよ、と言ってくれていたのに。

「あの着物はもうここにはないの。夫と結婚する時に、思い切って処分したから。私、他の誰と別れることはあっても、助五郎とはずっと一緒だと思ってたから。なくても大丈夫、と思ったの。夫に義理立てしして。そうして、どれくらいのかけがえのない物が失われたのかしらね。……馬鹿なことをしたわ」

妙子さんが、しんみりと言った。

「どんなに大切にしても、物自体の見た目は変わらなくても、心が変わっていくこともあるのね。私、絶対、助五郎の手を離すつもりなんかなかった。助五郎も同じだと思ってたのに」

なのに……こんな結末を迎えるなんて。

「私、相手の女性が羨ましい……」

そう言いつつ噛み締められた彼女の唇。血の気を失った白い顔の中で、真珠色の歯が食い込んだ部分だけが歪んだ三日月の形に赤かった。

助五郎の本心を告げていないからとはいえ、妙子さんが手放す決意をしてくれた。少なくとも、これで助五郎の望みは叶えることができる。

なら、交渉人としての仕事は終わりだ。あとは彼女が納得する新しい助五郎の受け入れ先を探して、仲介の補助をするだけ。だが釈然としない。

市街から戻ってきた有馬に妙子さんの言葉を伝えて、郁は訴える。

「でも、妙子さんは助五郎と同じで、本心から言っているわけじゃないと思います」

いや、それどころか全然納得していない。同調できなくたってわかる。

「それに助五郎だって。まだ本音を話してくれてなくて」

彼は何か、もっと他の理由を隠してる。はっきりと言葉になった想いを追えるわけではない。だが感じる。助五郎の心を。

しばらく考えた有馬が、「もう一度だけ、助五郎に話を聞こう」と言った。

「ただし、行くのはお前だけだ」

「え？　でも」

「たぶん、妙子さんだけでなく、あいつもお前の方が話しやすい」

そう言って、有馬はファイルに綴《と》じた何かをくれた。プリントアウトしに行っていた資料だ。昨日、夕食のあとも遅くまで薫さんや綾音さんとやり取りをして集めていた物。何かの統計なのか、グラフがたくさんある。

「これを渡せ。それであいつは話してくれるはずだ」

そう言う有馬には、もうすべてがわかっているようだった。


もう一度、完全防備の蔵で助五郎と向かい合う。

語られない小さな声。

言いたくても言えない、建前の奥に隠された真実。

相手が自分でさえ気づいていない叫びを汲み取り、よりよい道を共に探すのが交渉人。

だから頑張る。

郁は助五郎に、有馬から渡された資料をずいと差し出すと、言った。

「あの、私。この指輪のおかげで、あなたの心がわかるって言いましたよね。さっきから、あなたがここを出たいと言うたびに、私は胸が痛くてたまりません」

助五郎自身、気づいていないのかもしれない。抑え込めていると思っているのかもしれない。だが彼の心はずっと、嫌だ、嫌だと叫んでいる。ここから離れたくないと泣いている。

「この家を出たい、なんて嘘ですよね。出してくれないなら壊してくれ、というのも」

郁は真っ向から切り込んだ。

「妙子さんに思いきりをつけさせるための嘘ですよね」

だって、最初から変だった。人形作家に一目惚れしたと言った時の助五郎は、恋した相手を語っているにしては心は少しも弾んでいなかった。それどころか話すうちに彼の心はさらに暗く、鈍くなった。

郁はまだ恋を知らない。父母の影響だ。ファンタジーと同じく、苦手だと避けていた。だから想像するしかない。郁の知る恋に近い感情は、こちらを向いてくれないと知りつつも求めてしまう、父母への想いだろうか。自分でも不合理とわかっているのに、捨てたくとも捨てられない感情。切ない熱。それが恋だと思う。

だが一目惚れだったと己の恋を語る助五郎からは、そんなうずくような想いは一切、感じなかった。さっき座敷で話した妙子さんからは、ひしひしと苦しい想いを感じたのに。彼女は郁が同調することなどできない人間だというのに。

結局、助五郎のあれは嘘だったからなのだが、今も同じわだかまりを彼から感じるのだ。切ない嘘をついている時の、暗い淀みを。これはなぜ？

　唇を噛み締めてにらむと、助五郎が、

『……ったく。しょうがないねえ』

　と、ため息をついた。

『あの坊、有馬の奴、やっぱり卑怯な野郎だよ。俺がお前さんみたいな真っ直ぐな嬢に弱いってこと、見抜いてぶつけてくるんだからね』

　それから、ここの管理費がいくらかかるか知ってるかい、と助五郎が言った。

『一年でちょっとした家が買えるくらいだよ。忍びないのさ、あの嬢をこれ以上、俺にしばりつけるのが。嬢は俺を守るのに必死で、同じ人間の知り合いをつくろうとしない』

　嬢に必要なのは俺じゃなく、今度こそ最後まで愛し合い、支え合える家族だっていうのにねえ、と助五郎がつぶやいた。

『俺がいる限り、嬢は外に目を向けようとしない。俺だってずっと一緒にいられるわけじゃないってのに』

「え……？」

『あんた、俺を形作る素材の耐用年数を知ってるかい』

と、助五郎が有馬から渡された紙束を返して寄越す。

『有馬の奴が調べて寄越したやつだよ。だいたい俺の予想どおりだね。……俺の余命ってやつだよ』

助五郎が儚く笑う。

それって、つまり……。

『これでもさ、俺も調べたんだよ。嬢に頼んで端末や本を持ってきてもらってね。大事にされてるよ、このうえなく。けどね、俺は物だ。それも年を経た。いつかは壊れる。これはどうしようもないことなんだよ。人だってそうだろ？　寿命ってものがある』

「で、でもあなたつくも神ですよね？　神様で、普通の古器とは違っていて……」

『だからこそだよ。つくも神だから、本体にしてる器が壊れりゃ俺も消える。そしてこの器は百年以上も年を経た骨董品ときてる。もってあと、十年か二十年。確実に嬢より先に逝《い》くよ』

……そういえば。初めてこの仕事をこなした時、有馬はつくも神化した『土偶の女神』を慎重に扱っていた。彼女の自由になりたいという望みを知っていても、外へ出してやる、とは言わなかった。つらいと訴える彼女を、ケースへ戻れと説得していた。

「あ……」

実感した。つくも神は死ぬ。いや、壊れるのだ。

ぞっとした。神である人外《じんがい》のモノたち。何の疑問もなく人より長く、永遠に存在するものと思い込んでいた。だが違う。

この世にある〝物〟である限り、終わりはある。太陽にだって、核にだって半減期があるように。ゆっくりとすべての事象は無へと移り変わっていく。とどめることなどそれこそ神にもできない。

「あの、私っ……」

『気にしてくれるのかい。優しい子だね、お前さんは。そういうとこ、嬢に似てるよ』

いい一族だったんだ、と助五郎が遠い目をした。一目で気に入ったと迎え入れてくれた当時の当主、その息子もまた助五郎を愛し、家族として大事にしてくれた。

そうして生まれた妙子さん。幼い三代目を、助五郎はずっと見守ってきたのだ。祖父のように、親のように、兄のように。そして……。

『……嬢はね、赤子の頃から見知った可愛い奴なんだよ。あいつは自分の方が体が大きい人間だからとやたらと俺の保護者ぶってやがるが。俺こそあいつを親のような目で見てたんだよ。婿を紹介された時、良かったなって思ったよ。優しそうな男だった』

俺がいなくなっても、俺に代わってきっと嬢を守ってくれる。そう思った。なのに。

『むごいだろ。嬢は何も悪くない。なのにひとりにされちまって』

わかるだろ、と助五郎は言った。

これで俺が先に逝けば。あいつは壊れちまう、と。

『わかるんだ。俺はもう長くない。部品のひとつが摩耗《まもう》しきってる。しまい込んでたって劣化は進むんだ。俺は、嬢の前では消えたくない』

そんなことになれば、どれだけ嬢が泣くか。嬢の親と赤子が死んだ時、もう泣かせるものかと誓った大事な嬢を、今度は自分が泣かせることになるのだ。

しかも誰も支える者がいない、この孤独な邸に置いてけぼりにしてしまう……。

『子を泣かせたい親なんかいないよ。不幸にしたい男も。だから、嬢には……』

俺の本当の望みはひとつだけ。


『俺を、忘れてほしい』


大好きだから。だからこそ、自分が消え去る時が来ても、悲しまないように忘れてほしい。そして彼女には彼女と同じ人間と、今度こそ幸せな家族を作ってほしい。

『いろいろ言ったがね。俺のことはどうでもいいんだよ。大事に飾られてる美術品と違って俺たち絡繰り人形は玩具だ。この歳までよくもったもんだと思うよ。いつ幕を閉じても世を恨む筋合いはない。だからせめてその前に、嬢を託せる相手を見つけたいんだ』

だが助五郎はこの蔵から出ることはできない。

『だから有馬を呼んだんだよ。ガキの頃の奴しか知らないが、あいつは不器用だが誠実な男だ。人よりつくも神を取る馬鹿だが、同じつくも神を愛する人間にゃ弱い。嬢の今を知ればきっと力になってくれると思った。だから呼んでみて、大人になったあいつを見て安心したよ。変わってない。坊にならば後を任せられる。……まあ、もうちっとばかり嬢を見てる時間は欲しかったけどね。この歳になっても欲張りでいけねえ』

助五郎が遠い目をして、指輪が痛いほど彼の妙子さんへの想いを伝えてきて。

……駄目だ。涙腺直撃だ。優しすぎて、苦しい。

長い時を生きるつくも神。彼らはいったいいくつの別れを経験してきたのだろう。何度、愛して、おいていかれて、いったい幾粒の涙を流してきたのだろう。それはある意味、拷問ではないか。自分が愛した物が必ず先に逝く、終わりのない苦しみ。

そして今、自分が人をおいていく番になって、絶望している。

自分が味わった苦しみを、愛する者に与えることになると泣いている。

郁はずずっと鼻をすすり上げた。
妙子さんと助五郎。互いが互いを思って離れようとしている。本当の想いを秘めたま
ま、憎まれ役を買って出ている。本当はずっと一緒にいたいのに。
その優しさがたまらなく切ない。
『おいおい。何で嬢ちゃんが泣くんだ。気の強そうな顔して子供みたいな嬢ちゃんだな
あ、あんた。……昨日初めて会ったお前さんでもこうなんだ。本当のことを知ったら、
ずっと一緒の嬢はどうなるかねえ』
はっとした。郁よりも悲しむ資格のある人がいる。惜しむ権利のある人が。
『なあ、なんだって俺たちは物なのに生を得たんだろうねえ』
助五郎が言った。
『つくも神は人が想いを込めた品に宿ると、想いが積み重なって生まれると、有馬のじ
いさんは言ってたよ。なら、俺をつくったのは人かい？　なら、何のために？　俺たち
に魂を与えて、人は何がしたいんだい？』
澄んだ、老いた目で問いかけられる。
『与えられといて贅沢だがね。こういう時は魂などいらなかったと思うよ』
少なくとも、古び、衰えていく己を見ずに済んだ。己の死を嘆く嬢を見ることもな

かった。

そう、最後に言った助五郎に、郁は返す言葉が見つからなかった。


蔵を出て、車で待つ有馬のもとへ向かう。悲しみにくれる妙子さんと同じ屋根の下にはいられない。助五郎の答えを待つ妙子さんに、何と言えばいいのだろう。

助五郎の本当の望みはわかった。

それは妙子さんの目の前で己が壊れないようにすること。目の前で壊れれば、かけがえのない相手を失い、彼女は心に消えない傷を負う。うまく管理できなかったからだと自分を責める。だから彼女の目の前では死ねない。そのためならここを出ることも、他の手で壊されることも厭《いと》わない。それが助五郎の真の願い。

だが、そんな望みを叶えていいのか？

「……私、つくも神っていつまでも存在する物だとばかり思ってました」

「あほか。そんなわけないだろう」

そう言う有馬の眼がちらりと郁の手袋に落ちた。その下にある指輪に。

そうだった。この指輪だっていつかは朽《く》ちる。こんなに綺麗なのに。……生きているのに。

「人だってそうだろう。いずれはどちらかが死ぬ。相手に先に逝かれることを怖れていたら、誰とも知り合いになれないぞ」

それはそうだ。相手が年下だからと油断していても病気や事故、親より先に死ぬ子供だっている。物も人もいつかは壊れる。消える。だから大事にする。守る。一種の矛盾だ。

いつかは壊れる物なのに、壊れる時をせめてもと先延ばしにしながら生きる。いつ壊れるかと怯えながら暮らす日々。それはどんなに幸せで苦しい時間なのか。

「人って、物ってつらいですね……」

妙子さんと助五郎。

どちらの気持ちも切ないほどわかるのに、何が最善かわからない。

「……助五郎が壊れるところを妙子さんが見て嘆く、持ち主を変えずともその場面を助五郎が見ずに済む方法ならあるにはあるが。それは双方が望む解決法ではないしな」

と、有馬が独り言めいて言った。それはどんな方法なのだろう。聞きたかったが有馬はそれ以上話さなかった。難しい顔をしている。

「どちらにしろ、今の段階で助五郎の真意を彼女に伝えるのは良くないだろう」

妙な期待をもたせておいて、まとまらなかった時の反動が怖い、と有馬が言った。

「彼女には、まだ先方の人形作家と接触できないから、結論はもう少し待ってくれと伝えよう。助五郎にも考える時間がいると言って、もう少しの間、あいつを解体しないでいてもらえるように頼んでおく。そのうえで俺の知る限りの修復士と、保存技術を助五郎に示す。それでもここに居続けるのが怖いか、もう一度、助五郎に聞いてみよう」

薫や綾音にも連絡して、すぐ手配する、と有馬が言った。

「それより宿に電話だ。ふたり、連泊できる空きがあるか聞かないと」

「え？　残るのは有馬さんだけの予定じゃ」

「俺もそのつもりだったが、見ろ、空を」

ごろごろと音をたてながら、どす黒い雲が広がってきている。そういえば風も強い。

有馬がスマホを見ながら眉をひそめた。

「台風だ。進路を変更したらしい。こちらに向かっている。フェリーも欠航した」

4

幸い、同じ旅館の同じ部屋に連泊できた。雨が降りだす前に間一髪、有馬と一緒に滑り込む。

「着替えとかどうしましょう。一日分しか用意してませんでしたけど」

「売店で買うしかないな。文句は急に進路を変えた台風に言え」

とりあえず荷物を部屋においていて、宿の売店で替えの下着だけ買ってくる。幸い無料で使えるランドリーがあったので、浴衣に着替えている間に服は洗濯することにする。

（あー、学校はどうしよう）

問答無用で欠席だ。台風の進路を見ると警報が出て休みになりそうだが。

その夜のことだった。

食事を終え、部屋に戻ったところで有馬のスマホに着信が入った。盗み聞きにならないように郁が共有スペースから自分の寝室に戻ろうとすると、顔色を変えた有馬に押しとどめられた。彼が急いでスピーカーフォンにしたスマホの向こうからは、風の音と、切羽詰まった助五郎の声がした。

『……嬢が帰らないんだ！　携帯にかけても繫がらない！』

詳しく聞くと、数時間ほど前、強風で助五郎のいる蔵近くの松が倒れ、屋根の瓦にひびが入ったらしい。妙子さんがあわてて懇意の建築会社に電話したが、この天候だ。すでに業務を終了していた。ならば自力で何とかしようと妙子さんがブルーシートなどの補修道具を買いに市街の店まで車を走らせて、そのまま戻らないらしい。
「どうしてそんな無茶……！」
とっさに窓を見る。外はもう真っ暗だ。雨粒が激しくガラスを叩いている。
少し瓦が欠けたくらいであの強固な蔵にいる助五郎に何かあるわけがない。それより
こんな夜に出かけて事故にでもあったらどうする。自分のスマホはスピーカーフォンに
したままの有馬が、郁のスマホを奪い取る。せわしく妙子さんの携帯を呼び出し、繋が
らないのを確認してから彼女が目指したホームセンターのページを検索する。
「たぶん、助五郎を他に譲る決意をしたからだろう。それまでだけでも何としても守る
と悪い意味で思いつめてしまったんだ」
スマホの向こうで助五郎が息をのむ気配がした。
有馬が検索を終えた画面を横から覗き込むと、店はとっくに終業時間になっている。
「なのにまだ戻らないのは」
「何かがあったから、ですよね……」
舌打ちした有馬が、そのまますぐに警察のホームページにアクセスする。妙子さんに
該当しそうな事故情報はない。ということは、彼女は誰も通行者のいない場所でトラブ
ルにあい、自力ではどこにも連絡を取れない状態になっている可能性が高い。

妙子さんはひとり暮らしだ。家政婦や庭師も通いの人しかいない。そして邸の周囲の山は私有地。道もすべて私道で、誰かが偶然通りかかるということはない。

『途中の山道、あそこは地盤が弱いんだ。嬢の親が巻き込まれた土砂崩れもあそこで』

助五郎が悲鳴のような声をあげた。

『俺じゃ捜索願は出せない。頼む、早く。俺の手の届かないところでまた家族が、好きな相手が死んじまうのはもう嫌だっ。誰か、誰かあいつを助けてくれっっ』

急いで警察に通報した有馬が、深刻な顔で通話を切る。

「まずいな。通報が立て込んでる。人手を割いてもらえるまでに時間がかかりそうだ」

そんなには待てない。

郁はベッドルームに取って返すと、まだ洗濯前だったのを幸い、制服に着替える。郁のしようとしていることを察したのだろう。有馬は止めなかった。それどころか郁がブレザーを羽織り出てくると、彼もまた宿の浴衣から普段着へと着替え終わっていた。フロントに連絡して雨合羽とタオルを借りている。

競い合うように外へ出て、車に向かう。

「一緒に来るなとは言わん。だが危険だから指輪は外せ、割れたら困る」

「外れませんよ、これ」

肌に張り付き、母と胎盤を通じて糧を得る胎児のように、郁の精気を吸いつつ覚醒の時を待つつくも神は、指に癒着したまま外れない。

「『無理にはがせばつくも神としては死んでしまう、だから頼むから指輪をつけたままにしてくれ、その代わりお前のことは指輪ごと必ず俺が守るから』そう言って私に保護者契約を迫ったの、有馬さんです」

「そうだったな。ちっ、しかたない」

お前ごと守るか。そう言って車に乗り込んだ有馬が、アクセルを踏む。駐車場から飛び出すとさっそく横殴りの風雨が襲いかかってきた。

滝のような雨だ。視界が悪い。信号が機能していない箇所もあるので法定速度で、だが急いで市街を抜けて讃岐家所有の山に入る。真っ暗な山道は街灯もない。急なカーブが続く中、車のライトだけが頼りだ。

「怖いか」

「まあ、一応」

前方に目を凝らしつつ郁は答える。でも、

「この仕事、まだ経験不足ですけど、逃げていい時と踏ん張る時の区別くらいつきます」

「上等」

有馬がにやりと笑った。

その時、ヘッドライトが何かを照らした。

「有馬さん、あれ！」

「土砂崩れか」

道を半ばふさぐ勢いで、片側の岩壁が崩れてきている。もう片側は急な下り斜面。道を保護していたガードレールがねじ切れて、下の木立の中に、車体らしき白っぽい物が見えた。

妙子さんのクラウンだ。土砂を避けようとハンドルを切り誤り、落下したのだろう。

有馬がライトをつけたまま車を止めた。救急通報したあと、外へ飛び出す。

「お前は危ないから中にいろっ」

「って、有馬さん、懐中電灯もなしじゃ」

角度が悪い。妙子さんの車があるのは崖下だ。木の枝が邪魔をして、車のライトを遮っている。

郁は車内ライトをつけてダッシュボードを探る。なぜか本が出てきた。見ると幼児対象の育児書だ。は？　となって、そういえば綾音さんが、有馬が郁のために育児書を読んでいたと言っていたことを思い出す。

「って、幼児用かい！」

そこはせめて思春期用を選んでほしい。というか、なぜ車においてある。

とりあえず役に立たない本は横に放って、さらに車内を漁る。懐中電灯と束ねたロープが三本、他に発煙筒と三角標識が出てきた。すぐにエンストする父のボロ車のおかげで、運転免許はなくとも三角標識の使いかたはわかる。来てくれるであろう救急車両向けに標識と発煙筒を後方にセットして、急いで有馬の後を追う。

風が合羽を煽り、あっという間に中の制服がびしょぬれになる。折れたガードレールから身を乗り出して下を見ると、半ば斜面を下りかけていた有馬もびしょぬれだ。

「有馬さん、懐中電灯とロープ！」

「ああ、あったか。寄越せ！」

懐中電灯の丸い光に、車内でぐったりしている妙子さんが見えた。

幸い、出血の様子はない。だが安定が悪い。斜度が六十度はあろうかという急斜面に生えた杉の木に、車はかろうじて引っかかっている。その下は底が見えない落差、落ちればただでは済まない。

風にも傾ぐ重い車体は、レスキューの到着まで持ちそうにない。舌打ちした有馬がわずかに残る折れたガードレールの根元にロープを結び、倒木伝いに降りていく。

車の車軸にロープを掛けたが、そこまでが限度だ。

有馬のミニクーパーでは妙子さんのクラウンを引き上げることはできない。

「もう一本のロープを貸せ、とにかく車ごと下に持っていかれないように、彼女の体を固定しないと」

妙子さんはスリムだ。窓ガラスを割れば体は引っ張り出せそうだ。だが足場が悪くてこちらの体が入らない。彼女がつけているシートベルトすら外せない。

「くっ、届かん……」

「私が、私の方が体が小さいから、窓から入れるかも」

「無理だ。それに重さが変わればバランスが」

その時、金糸の色がライトの光に反射した。人間では重さを支えられない細い枝伝いに現れたのは、小さな絡繰り人形、助五郎だ。

「助五郎!?　どうしてここにっ」

『俺が行く。お前さんたちは嬢を引っ張ってくれっ』

言うなり、髷を乱した小さな体が車内に滑り込む。

窓でも割って蔵から脱走してきたのか。助五郎の着物が裂けている。それに泥だらけだ。だが今はそんなことを気にしている場合ではない。助五郎が、有馬が伸ばしたロープの先を器用に妙子さんの体に巻き付ける。

『いいぞ、引き出しとくれ』

そろりそろりと妙子さんの体を車から枝の上へと引き出して、急いで枝伝いにそこまで降りた郁が支えている間に、有馬が道路上へ戻る。枝に引っかからないように郁が調整する妙子さんの体を、有馬が引き上げていく。彼女の足袋《たび》に包まれた足が無事、道路上に引き上げられて。もう大丈夫とほっとした時、嫌な音がした。

みしり、と。きしむ音を立てて、車を支えていた木が倒れていく。

「助五郎っ」

まだ助五郎は車の中だ。郁はとっさに腕を伸ばす。届かない。それどころか、車が落ちる衝撃で枝がしなり、一緒に郁の体も落ちていく。

「き、きゃあああっ」

「郁っ」

頭上で有馬の声が聞こえた。そしてはるか下を妙子さんの車が崖を滑り落ちていく音がする。幸い、郁の落下は途中で止まった。折れて複雑に絡まった木の枝が、郁を支えてくれている。そして少し下、両手を伸ばせば何とか届きそうなところに、助五郎も引っかかっていた。ほっとして、眼鏡のずれを直しながら上に向かって叫ぶ。

「だ、大丈夫です、有馬さん。助五郎もいます。ここでレスキューを待ちますから。妙子さんをお願いします」

指輪ももちろん無事ですから、と叫ぶと、「あほかー！」と怒鳴り声が返ってきた。が、やってしまったものはしかたがない。つかまって、と、助五郎に手を伸ばす。助五郎が引っ掛かっているのは枝の先。風でいつ飛ばされてもおかしくない。

だが、助五郎は手を伸ばそうとしない。それどころかゆっくりと顔を左右に振る。

『もういい。その心だけで。ありがとよ』

助五郎が言った。ここで消えた方がすっきりする、と。

『今だから言うがね。俺があの家を出たいのは、嬢が新しい家族を作って俺を二の次にするとこを見たくないってのもあるんだよ。情けないがねえ』

人じゃないモノのひがみだな、と助五郎が薄く笑った。

忘れてほしいと口にしつつ、人と幸せになってほしいと願いつつ。

自分以外の誰かに微笑んでいるのを見ると、きっと切なくなる。相手を恨んでしまう。

だからこのまま消えた方がいい、と。

ああ、これもまた彼の本音だ。同調なんかしなくても察せられてしまう。

『不可抗力の事故なら、嬢にも迷惑は掛からないさ。それでも文化庁が何か言ってきたら。お前さんたち、うまく言っといてくれよ』

「……な、何言ってんですか！」

必死に叫ぶ。

「俺の手の届かないところでまた家族が、好きな相手が死んじまうのはもう嫌だ、そう叫んだのは誰です？　妙子さんだって同じ気持ちだってこと、どうしてわからないんですかっ」

そのうえこうして身を挺《てい》して助けに来て、今さら何を言っているのだ。

本気で切り捨てる気なら、こんな中途半端な優しさ見せないでほしい。こんなことをされたら、人は、ずっとあの行動の意味は、と考えることになる。

「私、オカルトは嫌いでした。こんな物理現象ありえないって今でも物申したいですし、壊したらいったいいくら請求額が来るかわからない恐ろしい物、触りたくもなくて」

他人のまま距離をおきたいのが本音だった。

「だけど。体が動いちゃうんだからしょうがないじゃないですか。困ってる人がいる、そしたら自然に動いちゃう。それで一度捕まえたら、もう放せないじゃないですか！」

人の心と体は複雑で。それでいて単純で。

簡単に納得なんかできない。我慢もできない。

「それは妙子さんだって同じでしょう？　この雨の中、あなたが心配で補修道具を買いに走った。そんな物買ってもお嬢様育ちの妙子さんに修理なんてできないのに、じっとしていられなかった。それに、あなただって！　壊れかけだって言いながら、蔵から出てここにいる。その小さな体でここまで来るのにどれだけきつい思いをしたんです？　その私たちが警察を呼んだとわかっていてもじっとしていられなかったんでしょう？　その目で彼女の無事を見たかったんでしょう？」

自分はまだ子供だ。歳をへた神の想いをすべて理解できるとは思えない。だけどそれでもわかることだってある。

「そんな未練たらたらで、ここで消えるとか、他家へ移るとか、心にもないことばかり言わないでくださいよ。あとで絶対後悔します！」

だから。

息を吸い込んで、はっきりと言う。

「だから、ぶつかりましょうよ！」

はるか年上の存在に、想いをぶつける。

このまま助五郎が言うように、お互い、相手を気遣ったまま、距離をおいたまま、フェイドアウトする手だってある。それが一番、双方、傷つくことのない安全策かもしれない。

だけど。一度、言葉を切って、息を落ち着けて、まっすぐに助五郎を見る。

「ここで消えたら。妙子さんには一生、あなたを犠牲にしたって傷が残りますよ？」

はっとしたように助五郎が体を揺らす。

「どうせ無傷で別れるなんてできないんです。だったら頭で考えてばかりいないで、体を動かしましょうよ。本音をぶつけ合いましょう！」

言葉にしなくてもわかってもらえる、そんなの赤ん坊だって無理だ。だから赤ん坊は必死に泣いて訴える。

そして人は訴えられないと手を差し伸べることができない。

だって人は臆病だから。へたに手を伸べて、余計なおせっかいだって言われるんじゃないかと、声をかけることさえ怖いから。

あなたの、力になりたくても。

「どっせい！」

郁は掛け声をあげた。思い切り体を伸ばして助五郎をつかまえる。が、両手を枝から離して助五郎を抱いたのがまずかった。安定していると思っていた郁の腰が枝からずれる。

（あ、落ちる）

しまった、と思った時にはもう遅い。郁の体は完全に枝からずり落ちていた。このまま下まで落ちるのか。

思わず目をつむった時、「馬鹿っ」と、怒鳴り声がして、体を上へと引かれた。

頼もしい胸に、抱き寄せられる。

「あ、有馬さん……？」

「……おっさんをなめるな」

ぜいぜいと肩で息をしながら、有馬がロープ伝いにすぐ横まで降りてきていた。助五郎と指輪のためとはいえ、手が命の画家だというのに、ど根性だ。

「体が硬くてとっさには動けなくても、年の功で絶対ほどけない漁師結びならできるんだ」

妙子さんを車に避難させたあと、彼女につけていた命綱をほどいて、もう一本のロープと繋いでここまで降りてきたらしい。

有馬が、「しっかりつかまってろ」と言って、郁を助五郎ごと肩にしがみつかせると、無事、車道までロープを昇りきる。これ以上、濡れないように助五郎はじめ皆で車に乗り込んで。妙子さんに駆け寄る助五郎の姿にじんわりする。

疲れた。体のあちこちが痛い。が、やり遂げた感がある。同じくシートに座った有馬が皆に乾いたタオルを配ってくれる。腰をさすりつつ、

「うう、明日は筋肉痛だ」

と、うめいているのが余計だ。そういうことを言わなければかっこいいと感動したまま終わったのに。

ぷっと笑って、体から力が抜けた。

「ありがとうございます。助かりました、有馬さん」

素直に言えた。後方から救急車のサイレンが聞こえてくる。有馬がそっとトランクを開けて、タオルでくるんだ助五郎に隠れるように促した。一般人につくも神を見られては大変だ。

駆け寄った救急隊員に妙子さんを託して、警察に事故のあらましを伝えて。

郁が有馬の隣に行くと、有馬が傘を傾けつつ、郁の耳元に唇を寄せてきた。

「……おい、聞いたぞ。助五郎を説得してる言葉」

他の人には聞こえないように、小さく有馬が囁く。

「お前、いつからそんな熱血になったんだ。不思議物は苦手の現実派だったのが、ずい

ぶん進歩したじゃないか」

「あ、有馬さんに感染《うつ》されたんです」

からかうように言われて、むきになって言い返す。きっと顔は赤くなっているだろう。

でも。心はすがすがしかった。言って良かったと思う。

5

日が差し込んでくる。

台風一過、雨降って地固まるにしては大事だったが、真実がお互いに知らされ、妙子さんと助五郎は無事、復縁した。

結局、ふたりで話し合って。

今後、こんな事件が起こらないように、住み込みの家政婦を雇う。そして悩みがある時に頼ることのできる人間の知り合いをつくる。助五郎をしまい込んだりはしない。その代わり、助五郎も無茶はしない。命ある限り妙子さんを見守り続ける。そう決めたらしい。

互いに相手を気遣って。

来《き》るべき未来《た》に、痛む胸を相手に隠しながら。

それでも笑顔で並び立つ妙子さんと助五郎はとてもお似合いだった。

「ありがとうございました」

『またな、坊、嬢ちゃん』

手を振りつつ、別れる。

窓越しに振り返ると、妙子さんが助五郎を抱いたまま、邸の前でお辞儀をしているのが見えた。

その様は互いを守り合う親子、友人というより、どちらかというと……。


——相手の女性が羨ましい。


そう郁に言った妙子さん。だがその言葉を彼女は決して助五郎には言わないだろう。そしてまた助五郎も。人じゃないモノのひがみだな、と、薄く笑ったことを彼女には告げない。

なぜ、有馬が郁にならふたりが話してくれると言ったのか、わかった気がした。こうして一時の滞在で別れていく相手だから言えたのだ。

そして。

近すぎて、失いたくない相手だからこそ言えない言葉もある。

妙子さんと助五郎。切なくて泣きたいのに、良かったねとしか言えない対の姿。

その姿もすぐ緑に覆いつくされて見えなくなる。無茶をした助五郎には有馬が応急処置をして、専門の修復士に見てもらえるよう手配した。だから……あの一対に残された時間はまだまだあるはずだ。そう願いたい。

後にした人たちに想いを馳せていると、大きな手をぽんと頭にのせられた。

「帰りはフェリーにするぞ」

「え、車は？」

「お前な。ただでさえ疲れている俺にこのうえまだ運転しろというのか」

「疲れてる、じゃなくて筋肉痛じゃないんですか」と言ったらこづかれた。今からだと十九時台の高松港発フェリーで、車ごと乗って五時間弱で着く、神戸港までの便があるそうだ。船内には客室もあるので仮眠をとることもできるという。

「それに、いろいろあったからな、そろそろケアをしておきたい」

有馬が郁の左手を見おろしつつ言った。

「え、有馬さんあれ持ってきてるんですか？」

「当たり前だろう。万が一ということがある。俺の懐が一番安全だし」

言って、有馬が自分の胸ポケットを押さえる。そこに入っているのだろう。この指輪と対の、あの指輪が。郁が有馬たちと同居することになった理由のひとつである、もうひとつの古器が。

無事、車ごとフェリーに収納されて、平日の夜だからか人のまばらなラウンジに移動して、有馬が郁に手袋を取るように促した。

やわらかななめし革の手袋の下から、ほっそりとした黒い指輪が現れる。

郁の指にとり憑いている、つくも神化しかけた指輪だ。

黒を基調に、細い金の筋と桜の花、そこから数枚散った桜の花弁と金粉が、控えめながらも豪奢で美しい。

といっても絵の具で描いてあるわけではない。本体の輪部分のガラスを熱し、桜の花弁型に組んだ別のガラスを針で中に押し込み、さらに上から透明なガラスで覆ってある。おかげで指輪の中に封じられた桜の花は、水中に浮かぶかのように立体感がある。

郁の手を取り、有馬が指輪を調べ始める。どんな些細な変化も見逃さないように。

この時間だけは郁は未だに慣れない。直接取られた手も、間近に迫った有馬の熱い眼差しも。見ていると落ち着かない。彼の唇からこぼれる息が肌にかかるたびにざわざわとした妙な感触が指先から全身に広がる。

じっくりと長い時をかけて。ようやく有馬が顔を離した。

だが手は未だ離れない。

「……あのふたりの想いにあてられたか。光が鈍くなっている。前より三日も早いな」

つぶやきつつ、有馬が片手で器用に懐から袋を出し、中の指輪を自分の指にはめる。対の指輪だ。

金粉が流水文の形になっているのは同じだが、有馬が持つ方は男性用で、もう少し渋い意匠になっている。描かれているのは桜の花ではなく、花弁のみだ。ふたつを並べると、ちょうど郁の指輪から散った花弁が彼の指輪へと風に乗り、流れていくように見える。ひと目で対の品とわかる意匠だ。

このふたつは、有馬の曽祖父が作ったという、婚約指輪だ。ただし、贈られたふたりは結ばれることなく引き離された。

その時の絶望が深かったからか、引きさかれた相手を探すためか。郁の指にある指輪は、まだ百年たっていないというのに、つくも神として発現した。不完全な存在のまま。だからこの異例の事態が起こった。

通常、つくも神は月日を重ねれば自然と神となる。だから人の精気など必要としない。

だが、この指輪は郁から奪う。

完全な神となり、愛しい相手を探しに行くための手足を得るために。そして片割れと再会した今も、ようやく会えた相手をも己と同じつくも神にして添い遂げるためか、貪欲に精気を求める。

そして、このことは有馬と郁だけの秘密だ。

いくらなりかけのつくも神が他に類のない珍しい存在でも、人の精気を吸うとなれば、人命保護の観点から政府は対応を変えてくる。もしかしたら強引に指輪を外そうとするかもしれない。そうなれば指輪のつくも神としての命がどうなるかわからない。

有馬にそのことを正直に話され、そのうえで他には秘密にしてくれ、指輪を保護するために協力してくれと言われた。

郁はもともと頑丈だ。指輪が奪う精気など微々たる物だし、かまわない、と答えて今に至っている。だからだろうか。有馬の郁に対する扱いは、ただの保護者と被保護者以上に、優しい。自分の欲求のために郁に負担を与えている。その負い目があるのだろう。この傍若無人な人が、こうして、この指輪を見る時は苦しそうな顔をする。

「……俺が、お前の代わりに与えてやればいいんだが」

だがこの指輪が選んだのは郁だった。歯がゆくとも有馬は何もできない。

だからせめてもと、有馬は自分の指輪をはめた手を、郁の手に重ねる。傍らに戻ってきた伴侶にほっとしたのだろう。郁にも郁の指輪の不安定な精神が落ち着くのがわかった。精気を吸収する速度が落ちて、郁の指輪がほんのり艶やかな色合いを帯びる。

「綺麗……」

指輪が喜んでいるのがわかる。恋人同士の逢瀬だ。

くうるり、くうるり、指輪がゆっくりと回り始める。お盆の走馬灯みたいだ。ゆっくりと現れる桜の花、その花弁が散って、流れて、郁の指輪から、有馬の指輪へと吸い込まれていく。ふたつの指輪がひとつの絵を描き出す。

郁は彼女の本当の持ち主ではないし、有馬はかつて生き別れた恋人でもない。有馬がはめている指輪も沈黙したままつくも神になる様子はない。

だが思慕と絶望に狂ったこの指輪にはわからない。なぜ、自分が彼と一緒にいないのか理解できない。なぜ、共につくも神となれないのかがわからない。

だからこうして有馬が落ち着かせるために恋人のふりをする。指輪の飢えを抑え、郁の体への負担を軽くしてくれる。

ふと思った。有馬が文化庁に、指輪が精気を吸っていることを隠してまで保護するのはなぜだろうと。曽祖父の作品だからというにしては、有馬の家には他にも彼の曽祖父、有馬宗徹《そうてつ》の作品はある。他とは違う何かがあるのだろうか。

郁は繋いだ手を持ち上げて、指輪を灯にかざす。なのに。もっと見ていたいのに、有馬がブランケットをかぶせてしまう。

「馬鹿、ここは公共の場だぞ、恥ずかしい」

リクライニングできる椅子がズラリと並んだラウンジだ。そんなところで手を繋ぐ自分たちはよそから見れば痛いカップルだろう。隠したくなるのはわかる。わかるが……。

「……有馬さん、人の目を気にする感覚、あったんですね」

「どういう意味だ」

いつも人目も気にせずやりたい放題やっているくせにと思いつつ、さっき別れてきた妙子さんと助五郎に想いを馳せる。

「……つくも神って不便ですね」

自由に動けるようになって、話せるようになって。できることが増えたように思えるのに、心という物ができたぶん、それにしばられて不自由になっている。

「だから俺たちがいるんだろうが」

俺〝たち〟と複数形だ。それは郁と有馬を指しているのか、それとももっと広く、薫さんや綾音さん、つくも神を愛する大勢の人たちのことを指しているのか。

わからない。けれど居心地がよかった。

窓の外を見る。暗い海が広がっていた。だけど陸には灯りがついて、行き交う船もちかちか光る灯りをともしている。

まるで満天の星だ。夜の海。夜の銀河。揺れる光に眠気を誘われて、有馬と手を取り合ったまま、郁は眼を閉じる。かすかに聞こえる波の音、そして足元から響くエンジンの振動。安心できる母の胸か子守唄みたいだ。

薬指の指輪が、小さく含み笑いを漏らしたような気がした。でももう郁は限界だ。今日は疲れた。

人が造ったたくさんの器物と温かな手に包まれて、郁はゆっくりと目を閉じる。その夜、郁は暗い夜の海をどこまでも波に揺られていく、不思議な夢を見た――。

・・・第三話・・・

つくも神だって訴える

受け継がれる物。
唯一無二、丹波立杭焼登り窯

Kokikyubutsu
hozonkata
Tsukumogami
syusyuroku

1

「よいしょ、と」

長く閉め切っていた雨戸を開けると、爽やかで甘い、晩秋の風が頬を撫でていく。

古い田舎の一軒家は、田畑のただ中に立っている。塀もないから風がよく通る。さらさらと音を立てるのは刈り入れ後の田に残る切り藁《わら》だ。葉が落ちかけた柿の木に熟した実が鈴なりになっているのも、日本の原風景という感じがしてとても和む。

「あー、やっぱりいいなあ」

ここは神戸市北区にある、郁の父方の祖父母の家。そして郁が有馬の家に居候するまで滞在していた場所でもある。おしゃれな店が立ち並ぶ市街地と、六甲山《ろっこうさん》をひとつ隔てただけでのどかな田園地帯になるところが神戸の面白いところだと思う。

窓をすべて開けてしまうと、郁はすぐ掃除に取りかかる。終われば祖父母の病院へ差し入れを持っていく予定だから、ゆっくりしている暇はない。

郁の祖父母は夫婦そろって入院中だ。仲良く好物の満月堂《まんげつどう》の饅頭を買いに行く途中、飛び出した鼬《いたち》をよけようとして、乗っていた軽トラックごと土手下に転落してしまった。

幸い下草がクッションになってふたりとも足の骨折だけで済んだし、入院した病院も夫婦そろって歩行困難という事態に、リハビリが終わるまでいていいと言ってくれた。

なので、当面、ふたりは安心だが、問題はたまたま滞在中だった郁だ。

「おじいちゃんに頼まれてた本、持っていくか。ていうか、急がないと」

つくも神の宿主となったおかげで日本に残れることになり、流れ的に留守宅を預かることになったのはいいが、ここは田舎。車がないと来るだけで一苦労。ましてやそこから掃除をして、饅頭を買い、病院に届けるとなると急がないと一日仕事になってしまう。

掃除機をかけつつ、超特急で頼まれた差し入れ品をまとめていると、父の蔵書が出てきた。祖父母が読むわけがない、未知との遭遇専門雑誌だ。まとめて押し入れに戻しつつ、郁は、ふと、最近、親と交わした会話を思い出した。

『これからそっち寒くなるでしょ。クリスマスに一度こっちに遊びに来ない？　ペルーの料理はおいしいわよ』

海外移住中の両親から、誘いのスカイプ通話があったのは、十月半ばのことだった。

海に面したペルーは新鮮な魚介類が豊富なうえに、アンデスで採れるジャガイモや唐辛子と食材も豊か。そのうえたくさんの移民が集まる国で、スペインやイタリア、多様な国の料理が融合して新たな味を生んでいる。黄色唐辛子、チーズ、ミルクのソースでチキンを煮込んだアピ・デ・ガジーナに、牛の心臓を串焼きにしたアンティクーチョ、たっぷり魚介のマリネのセビーチェ。聞くだけでお腹がすいてくる。

『茅耶がね、寂しいって言うんだ。だから久しぶりに家族で集まろうと思って。郁は会いたいとか言ってくれなくて父さん寂しいよ。家族が恋しくないのかい？』

いや、だって旅費がかかるし。無理なことを言って困らせたくない。

『郁、あなたお姉さんなのに茅耶のところに顔を出してないの？　茅耶、せっかく日本に残った家族なのに、全然会いに来てくれないって泣いてたわよ』

さりげなく出た茅耶の名。父母の笑みを見れば悪気など欠片もないとわかる。でも。

「……ごめんなさい、ペルーには行けません。茅耶のところも」

チクリと胸が痛んで、郁は淡々と返していた。そんなことを言うと、また、素っ気ない、薄情、と言われそうだが、小遣いをバイト代で賄う高校生の身では、東京まではそうそう遊びに行けない。

それに郁には課せられた海外渡航禁止令がある。ふたりとも文化庁から説明を受けたはずだが覚えていないのだろうか。家族で団欒《だんらん》をというなら、日本に来てもらわないと無理だ。

「今更、性格は変えられないので。物足りないなら新しい妹か弟を作ってください」

言うと、『えー、そんなあ』と父が照れて、『いいの、郁⁉』と母が勢い込んだ。茅耶ちゃんにも相談しなきゃとふたりが盛り上がりはじめたので、じゃあ、また、と通話を切ったが、来年の今頃、郁はふたり姉妹ではなくなっているかもしれない。

「恋しくないのって言われてもなあ……」

また失敗した。近況を尋ねるメールでは、茅耶にも父母にも物足りなかったらしい。だが、どういう態度をとれば満足してもらえたのだろう。

通話の時に寂しいと泣けばよかったのか。

だが郁ももう高校生だ。昔から、出かける父母に行っちゃ嫌と泣いてなだめられるのは妹の茅耶の役目で、郁はお姉ちゃんなんだから泣かないの、と言われる役だった。今さら郁が泣いても呆れられるだけの気がする。

「とりあえず、バイト代もらったら、茅耶の喜びそうな物、買って送っておくか……」

父母にもカードを送ろう。『行きたいけど行けないから、ペルーの写真を送ってください』と、負担にならない程度のわがままを書いておこう。親も安心してくれるだろう。

夏前に比べると、そう考えられるくらいには郁も落ち着いてきた。が、

（まだ、どこかこだわってるなあ）

こちらへ来てまたおいしく物が食べられるようになった。吐くこともなくなったし、

一時、かなり痩せていた体も元に戻った。それでも家族と接すると胸がつまる。食べたくても食べられないのに、わざと吐いている、そう決めつけられたことが忘れられない。きっと今も親はそう思っている。人にもそう話しているだろう。

郁はため息をつくと、すっかり秋色になった六甲山の空を見上げた。

真っ青な空と山の秋色のコントラストが美しい。

赤に黄、茶、紅葉の色。温かな実りの色。ハロウィン・カボチャの色だ。そういえば、ここへ来る途中、駅前の洋菓子屋さんや花屋さんの店先に、ハロウィンカラーの小物や魔女人形が飾ってあって可愛いかった。茅耶に贈るのにちょうどいいかもしれない。

病院帰りに店に寄ってみるかなと考えていると、スマホに着信が入った。

新しい家族の名前は何がいい、と、先走った母からかと思ったら、薫さんからの通話だった。

『郁ちゃん、ごめん。急な仕事が入ったんだけど、有馬が君がいないと駄目だって言うんだ。依頼人を迎えに行く途中、拾うって言ってるけど、行けそう？』

薫さんのこの口ぶりだと、有馬はもうこちらの都合は聞かずに出発しているだろう。

有馬の家から車を使うと、六甲山の裏側にあるこの家はトンネルを通ってすぐ。

病院に届けるための物はもうまとめてある。持ち帰って、祖父母の見舞いは明日の学校帰りにしよう。差し入れは満月堂の饅頭の代わりに駅地下で買えるクリームとカボチャの種をのせたハロウィン・プリンで許してもらおう。ざっと予定を組み直して、薫さんに返事をする。

「わかりました。待機しておきます」

有馬がわざわざ郁を指名した。またつくも神の心が知りたいとかそんな理由だろうが、それでも少し誇らしい。ここへ来て二か月、そんな風に思えるようになった。

それにつくも神に関わる間は、家族のことを忘れていられる。

それは今の郁にとって必要な時間だ。

会いにおいでと明るく誘ってくれる家族に、こんな想いしか持てないことに罪の意識を感じながら、郁はスマホをしまう。そして手袋をつけた左手を見る。

そこにある指輪。

これがはまっている限り、郁は有馬に必要とされ、日本にいることができる。

居心地の良い共同生活、煩わしくない距離。これに慣れてしまったらまずい。そう、心が警告を発するのは、こういう時だ。

祖父母が退院したら。この指輪が外れ、有馬のもとにいる理由がなくなる時が来たら。

自分は、どうなるのだろう……？

2

「……で、連れてこられたのはいいですけど。私って本当に必要なんですか？」

郁は困惑も露わに、隣に座る有馬を見た。

なぜか、郁は裁判所に来ていた。

しかも関係者として、正式な審理の席についている。

本日の依頼は交渉でも鑑定でもなく、証言及び弁護。依頼人の今田《いまだ》さんは三十代半ばの朴訥《ぼくとつ》とした、古き良き時代の学生さんのような人だった。職業は陶芸家。丹波立杭焼の窯元の現当主で、今回は今田家所有のつくも神が、所有者を訴えてきたそうだ。で、ここはその件について話し合う、裁判所の一室。

といってもドラマで見るような、裁判長が一段高くなった法壇に座っていて、証言台がある、大がかりな部屋ではない。調度は長テーブルがふたつのシンプルな物。書記官が同席している他は正面に裁判官、その前に原告側と被告側がいるだけで、傍聴席もない。つくも神関連は秘密必須の特殊案件で、訴訟内容も刑事ではなく民事。なので、この奥まった一室を用意されたらしい。

それでも着席しているのは深刻な顔のスーツ姿の大人ばかり。掃除しやすいようにと、ジーンズにパーカーという格好だった郁はカジュアルすぎて浮いている。

（ああ、こんなことなら家に寄ってもらって制服に着替えるんだった……）

後悔しても遅い。これからは仕事を無条件で受けるのではなく、内容を聞いてからにしよう。そう決意しつつ、目の前の案件に集中する。

立杭焼なら青山邸の時に徳利たちに接したが、今回、つくも神化しているのはまさかの陶器を焼く窯の方。江戸時代に導入された焼成室が複数ある連房式の登り窯。その形を継いだ古窯を個人窯に改造、復元した長さ十五メートルの焼き窯だ。

原告となった窯の請求の趣旨は次。


『自由になりたい』

大変シンプルだ。わかりやすい。そしてその原因、つまり紛争の要点は、
【長期にわたる所有者による酷使と束縛に、精神的にも肉体的にも疲れ果てた。もう人の顔を見るのも嫌。引退したい。今田家の者には今後、互いの姿が見える五十メート

ル以内の山への立ち入りは禁止し、私のことは放っておいてもらいたい】

だ、そうだ。

対して被告、今田氏の答弁は、

【確かに父や祖父など、一族で長年、窯を使ってきたことは認める。だが使用拒否は待ってほしい。疲れたというなら使用回数を減らすなど調整をするし、給金も払う】

とのこと。意訳すれば、訴えを聞き入れることはできない、和解しよう、だ。つくも神の訴えに対し、争う姿勢である。

先日の絡繰り人形、助五郎が出した要望の、〝所有者変更〟に近い物があるが、今田家の場合、今現在もその窯を使って経済活動を行っている。おいそれとは応じられない。待ってくれ、と引き留めているうちにこじれたのだとか。そしてつくも神の方が起訴し、裁判所から訴状を送りつけられた今田家の現当主、泰造《たいぞう》氏が「誰かうちのつくも神を説得できるプロを紹介してください」となじみの弁護士に泣きついて、有馬に話が回ってきたらしい。

と、いうことで、今回の郁は中立ではなく人側。被告側の席に座っている。

「人間で言うと、同じ家で暮らす家族が争ってる感じですか。ややこしいですね」

「いや、この場合は家族経営会社の社員と社長の争いだろう。仕事絡みだからな」

どちらにせよややこしい。

「それにしても、つくも神でも訴えたりするんですね。というか、つくも神に雇われてくれる弁護士さんがいるんですね」

費用はどうするのだろう。つくも神が現金を持っているとは思えない。

「公には秘密とはいえ、存在を知る関係者は多いからな。当然、中にはいろいろな者がいて、文化貢献と節税対策を兼ねてつくも神の手に渡るように私財を寄付する者もいる。訴訟費用もそこらから出てるんだろう」

ペットの愛護団体と文化財保護団体を足したような存在もあって、最近ではつくも神相手に、人権ならぬ神権啓蒙活動を行っていたりもするらしい。

「生きて意思があるのだから人と同等だ、権利を認めよ、というのが彼らの主張だが。こんな訴訟自体、めったにない事例ではあるな。法に頼って要求を通そうにも、そもそもつくも神の人権……ではなく、神権を守る法律がないのだから」

つくも神の各方面への差し障り、第三弾がこれだ。

つくも神の人権ならぬ神権をどうするか。

意思があり、生きているとはいえ、法的には物で所有権は人にある。ましてや世間には秘密のつくも神の権利だ。保護法はあっても、それはあくまで文化財としての彼らの器を守るための物。彼ら自身のための法は未だ整備されていない。つつくとややこしいことになるとわかっているからか、個々に対応をと、政府も丸投げ状態だ。

「保護団体の主張もわからないでもないが、そもそもつくも神の存在自体、解釈が難しいんだ。人と同じにできるわけないだろう」

「有馬さんってつくも神の味方じゃないんですか」

「俺はいつも中立だ。今回に関していえば、今田氏作の器が見れなくなるのは純粋に惜しい。だからもう器を作らせないと言っている窯の方に敵対する」

不用意にあちらに近寄るなよ、と釘を刺された。

「今日はどうやら出席したのは原告側弁護士だけで、つくも神自身は来ていないようだが。へたに同調して、内部情報でも流されてはかなわない」

なら、なぜここへ連れてきた。

そうこうするうちに第一回の口頭弁論が始まる。裁判官が陳述は訴状どおりかと原告側弁護士への確認を行う。相手の弁護士は、年配の、少し影の薄い人だった。それが終わると、有馬がさっそく被告の主張を伝え始める。証拠品の提出を求めます、と言って木箱を取り出す。

「見てください」

中から出したのは今田氏作の器だ。しっくり手に収まるサイズの、立杭焼の湯飲み。

おしゃれな日本茶カフェにありそうな、少し大ぶりな広口碗で、いかにも立杭焼らしい渋い赤銅の色をしている。とろりと深い緑の自然釉が上部にかかっていて、手で包み込むとそのぬくもりが伝わってきそうな、素朴で、それでいて温かい焼き物だった。

何だろう、どきどきする。

見ているだけで朱金に輝く熱い炎の色や、土をこねる力強い手を感じるような。

陶芸に詳しくない郁だが、それでもこの茶碗が色といい、形といい、絶妙なバランスの上に成り立っているのがわかる。土に混じった成分が化学変化したのか、かすかに朱色がかった斑があるのも、何ともいえない味がある。

「これが彼女と今田氏が作り上げた品です。どうです、これが一方的な搾取を繰り返す主と虐げられた窯とで作られた器に見えますか？」

裁判官も思わずというように身を乗り出している。それだけの輝きがこの器にはあった。そして美術品への愛を語らせれば有馬の右に出る者はいない。

そこからは有馬の独壇場だ。被告の弁護、主張を絡めながら、いかにこの器が素晴らしいか、この器を焼き続けるには登り窯の協力が必要かを語って聞かせる。

「……なるほど。答弁の文章だけではわからない想いがこの器にはありますね」

熱く長い有馬の主張を聞き終えて。

穏かな風貌の裁判官は、にっこりと笑って言った。

「これから何度か話し合いの場をもち、合意が成立しなければ何らかの審判を出すのが私の仕事ですが。……どうでしょう、もう一度よく話し合われては。一時の感情でこれだけの品を作り出す一対が壊れてしまうなど、部外者の私から見ても惜しいと思いますよ？」

裁判官が原告側に話しかける。事実上の和解のすすめだ。有馬が勝利の期待に、ぐっと手を握るのが見える。

形勢不利と見たのか、原告側の弁護士が急に腹を押さえた。立ち上がる。

「申し訳ありません、急に体調が。答弁の中断を求めます」

原告の弁護士がトイレへ向かうために出て行って、気まずい沈黙が落ちる。訴訟中の片方が席を外しているのに、勝手に話すわけにもいかず。時間を持て余すこと一時間。

席を外した原告側弁護士が、警備員を介して、まだ回復しない、本日の答弁は終了、次回に持ち越してほしいと言いだした。時刻はもう昼。裁判官にも次の予定がある。扱う訴訟はこの件だけではないし、話し合いの場を求めるのは原告側の当然の権利だ。

「では、中継した口頭答弁はまた後日」

裁判官の言葉に、有利に運んでいた有馬が切れた。

「なんじゃそらあ！」

見事なちゃぶ台返しを決めて、警備員に引きずり出される。

とりあえず、互いの主張は平行線。次回へと仕切り直しになった。


「……すみません、こんなことに巻き込んで」

「いえ、こちらこそ結果を出せず申し訳ない」

裁判所近くのコーヒー店に場所を移して、改めて依頼主の今田氏と対面する。

神戸の街はケーキやパンのおいしい店が多いが、コーヒーもレベルが高い。かのＵＣ上島《うえしま》珈琲発祥の地だ。神社脇に立つこの店も、漂う香りだけでコーヒーが飲みたくなる。

だが今田氏はそんな気分にはなれないらしい。

陶芸家らしく、棚に並んだカップや皿は気にしているが、頼んだコーヒーは味も確かめずに砂糖を放り込んで、冷めるにまかせている。もったいない。

「裁判所から訴状が届いた時、内輪のことですしひとりで対応をと思ったのですが。専門用語を出されてはちんぷんかんぷんで。あわてて弁護士さんに依頼したのです。でも訴訟相手がつくも神、しかも弁護士が〃あの人〃と知ったとたん、降りてしまって」

「無理もないでしょう、〃あいつ〃はつくも神弁護界隈では有名人ですから」

今田氏が依頼の経緯を話しはじめる。降りるなら代わりの誰かを紹介してくれと食い下がって、たらいまわしの末、今朝になってやっと有馬の連絡先を渡されたそうだ。

有馬は弁護士資格を持っていないが、民事裁判は弁護士を立てず、原告だけ、もしくは被告だけでも審理の場に立てる。なのでつくも神関係の有識者という肩書で同席を引き受けたのだとか。急な話だったので、有馬も今田氏と話すのは彼を迎えに行った車中が初めてだったそうだ。

それで郁への連絡もあんなに急だったのかと納得はしたが、郁は首を傾げる。

さっきお腹を押さえて出て行った弁護士は、同業者から敬遠されるほどのやり手には見えなかった。

郁の当惑をよそに、引き受けてくださって助かりました、と今田氏は涙目だ。

「式部《しきぶ》……、というのが、我が家のつくも神の名ですが。最近はストライキのつもりか、火入れをしてもうまく温度を上げてもらえなくて」

ほとほと弱っていたので、民事で解決ができればそれに越したことはないそうだ。

ただ、

「万が一、負けたらと思うと不安で。私はまだ式部と器をつくっていきたいんです。彼女以外考えられない。だから万全の備えができるまではと、本当は今日の口頭答弁も休むつもりでした」

「当然ですね。俺も話を受けたとはいえ、調査など準備不足で欠席する気でしたから」

民事訴訟の場合、第一回の口頭弁論は被告の予定を考慮せずに行われる。

そのため被告が欠席、不在のまま裁判官が原告に陳述内容を確認、次回日程を決めて終わることがよくあるそうだ。それで、有馬も今田氏も民法に詳しい本職が同席した方が確実だろうと、もうひとり本職の弁護士を探してから答弁に挑むつもりでいたそうだ。

それが急遽、弁護士抜きでも出席することにしたのは、原告側の弁護士が他の裁判と予定が重なり、今日はこちらへは代理を寄越すと聞いたからだそうだ。

「あれ、じゃあ、さっきの相手方の弁護士さんは代理の弁護士さんだったんですか」

「ああ、そうだ。だからろくに受け答えもせず引っ込んだだろう？」

あちらも一回目の今日はこちらが欠席するだろうとなめていたらしい。

「次に持ち越して、しかもこちらに俺がいるとなれば絶対にあいつが出てくるからな。できれば今日中に和解にもっていきたかったんだが。まさかあんな幼稚な手で時間稼ぎをしてくるとは思わなかった。今頃あの代理弁護士、青い顔で連絡を取っているぞ」

代理じゃない方の弁護士はそんなに手ごわい人なのか。

手元の資料を見ると相手方の弁護士の欄には、三田伊織と書かれていた。

「三田《みた》弁護士？」

「違う。さんだいおり、と読む」

有馬が渋い顔で教えてくれる。

「まあ、初日で決着がつく訴訟などまれだ。頭を切り替えて伊織対策を練り直そう」

そこまで敬遠しているのに、伊織、とファーストネーム呼びだ。俺がいるとなれば絶対あいつが出てくる、とも言っていたし、どういう関係だろう。

どちらにしろ、あのちゃぶ台返しはまずかった。有馬は「どうして弁論の場の机は固定式じゃないんだ」と憤っているが、あれをリアルでやってのける人がいるとは思わなかった。

それまではこちらに好意的だった裁判官もドン引きだったし、一気に心証が悪くなっ

てくる。

「そこで郁、今回のお前の使命だが」と、今田氏には聞こえないよう、郁の耳に囁いてくる。

「今日は来なかったが、訴訟が長引けば式部が来ることがあるかもしれない。その場合、いつものように人間ポリグラフになって、付け入る隙や弱みがないか探ってくれ」

「いや、それはちょっと……」

なんだか卑怯な気がする。それに、

「つくも神って大きすぎると動けないんじゃ。登り窯ですよね？」

「安心しろ。前にも言ったと思うが、年を経たモノや神格が高いモノは己の分身というか、人型のアバターを離れた場所に投影させることができる」

ただし、それには己の一部など、核になる物がないといけない。

なのですべてが一体化した鋳造物である奈良の大仏などは構造上無理だが、今回の登り窯、式部は火入れの度に焚き口を粘土やまくらでふさぐ焼き窯だ。取り外し可能な日干し煉瓦や鉄板があるので、弁護士が鞄にでも入れれば一緒に移動可能らしい。

「いやあ、私もそんな方法があるなんて知りませんでした」

今田氏が頭を掻きながら恥ずかしそうに言う。所有者も知らないということは、式部は今までアバター化したことはなかったのだろう。なのに今回はわざわざ人型をとってまで遠く離れた裁判所にやってくる。すごい意気込みだ。

「……なんだかかわいそうな気がしますよ。そこまでして自由になりたいなんて。今の私たちの立場からすればつくも神の味方をするわけにはいきませんが、せめて正々堂々と戦いませんか？　どちらが最終的に残ったとしても、笑顔でいられる裁判にしましょうよ」

「馬鹿、これも至高の芸術のためだぞ！」

お前だって見ただろう、と有馬が力説する。

「今田氏の器にはまだまだ伸びる将来性を感じる。ここで潰すのは惜しい」

「そこがよくわからないんですけど。窯が使えなくなったら、何か困るんですか？」

陶芸に使う土や薪《まき》を取り上げられたわけではないのだ。

「重要なのは土なんでしょう？　自然釉のことは前に聞きましたけど、それだって同じ燃料を使えばいい話だし、灰釉だってある。だったら窯も新しいのを作ればいいんじゃないんですか。それに今ってもっと高性能の電気窯とかもあるんでしょう？」

「何を言っている、全然違う！」

有馬が興奮して前のめりになった。

窯の歴史は、古墳時代初頭まで遡るそうだ。

「その頃はいわゆる野焼きタイプで、焼成坑《しょうせいこう》と言われる穴を掘り、酸化炎焼成によって土器を焼いていた。山形県の土偶の女神の生成法がこの辺だな。そこから時代が下り、やがて朝鮮半島から須恵器《すえき》という焼き物とその生成法が伝来する」

現在でいう登り窯、つまり窖窯《あながま》による還元炎焼成だ。斜度のある細長い穴を掘り、側面と天井を土で覆い、半ば密閉した空間の中で炎による熱対流を作り出す。

「江戸時代になるとさらに熱効率が改良された、かまぼこ状の焼成室を階段状に連ねた、連房式《れんぼうしき》登り窯が登場する」

仕上がりのばらつきを防ぐとともに、器の大量生産を可能にした画期的な窯だとか。

だが、時代の流れか、現役の窯は年々少なくなっているそうだ。

「もはや窯自体が貴重なんだ。確かに今は温度調節のできる便利なガスや電気の窯がある。だが、やはり違う。温度の妙、炎の偶然、電気やガスでは奇跡は起きない」

例えば、酒。と、有馬が言う。

「最近は海外のワイナリーでも、自動調節の機械樽を使ったりする。味は安定するが、自然のいたずらによる当たり年というものがない。通《つう》からすれば味気ないの一言だ」

「そうなんです。よくご存じで。この品も奇跡の出来だった」

やはりあなたに弁護をお願いしてよかったと、もう一度、今田氏が器を出す。

「これは式部が焼いてくれたからこそできた品です。他の窯では無理だったでしょう」

炎がおこした奇跡。今田氏の、陶芸なんて力仕事をやれるのかとさえ思う線の細い文学青年めいた顔が、きらきらと輝いている。ああ、この人は心から陶芸が好きなんだ、と思えた。器をそっと撫でる手は本当に柔らかくて。愛に満ちあふれている。

有馬が肩入れしたくなるわけだ。彼ほどマニアではない郁も、もっとこの人の作品を見たいと思う。新しい境地に達した彼の作品に触れたくて、どきどきする。

「どうだ、失うわけにはいかないだろう？」

有馬がしみじみと言った。

「この器の良さ、今田氏の熱意を式部が知らないわけがない。出来上がった品を見ただけの俺ですら心を動かされる。ましてや式部は炎を見つめる今田氏の表情を知っている。それでこれ以上、一緒に仕事がしたくない、などと言う方がおかしい」

きっぱりと言いきる。

ただし、持ち主の今田氏に登り窯のつくも神、式部と争う気はない。今までどおり、仲良くやれたらと思っている。だから狙うのは話し合いによる和解だ。

「つまり交渉人たる俺たちの本領発揮だ。ぬかるなよ、郁」

絶対、勝つぞ！

季節はもう秋だというのに、実に暑苦しく、有馬が宙に向かって拳を振り上げた。


そして。第二回口頭弁論の日が来た。

有馬の解説を受けたあとだと、この裁判は絶対に勝たなくてはという気になってくる。

ところが部屋に入ってみると、そこにいたのは第一回の時と同じ代理弁護士さんだけだった。不思議に思っている間にも答弁が始まり。これまた有馬の陶芸愛が炸裂し、室内の空気が今田氏有利に動き始めた時のことだった。

扉がノックされて、爽やかな声と共に、銀縁眼鏡の青年が現れた。

「遅れて申し訳ない。ひとつ前の裁判が長引いたものでね」

オーダーメイドらしき落ち着いたグレーのスーツ、襟にはきらりと光る弁護士バッジ。

新たに現れた弁護士はまだ若い、二十代後半かと思う青年だった。

さらりと額にかかる少し癖のある髪に、清潔感にあふれた横顔。エリート臭と知的な雰囲気がすごい。眼鏡をくいと押し上げる仕草が憎いくらい似合っている。

何よりその自信にあふれたオーラ。グラスを片手に高層ビルから下界を見下ろしても、彼なら許されそうな気がする。

「先生っ」

相手方の代理弁護士が、明らかに年下の眼鏡弁護士に泣きついた。ただ事ではない。

「あれは？」

「あれが三田弁護士。原告の正式な弁護士で、有馬の天敵だよ」

伊織対策として増員同行した薫さんが、こそっと教えてくれる。

この人が。弁護士だから先生という呼び名で間違っていないのだが、祖父が見ていた時代劇の用心棒登場シーンを連想してしまうのはなぜだろう。遅れてきたのもわざとで、見せ場をつくるための演出だろうと突っ込みたくなる堂々たる態度だ。しかも。

「存在の性質上、準備に時間がかかりますので、初回は間に合いませんでしたが。今日は原告にも来てもらっています。おいで、式部君」

三田弁護士がわざとらしく扉の外へと呼びかける。一緒に来たのなら一緒に入ればいいものを、わざわざ時間差をつけるとは、やはり印象付けのための演出か。

登場後わずか数分で示された三田弁護士のやり手らしい行動の数々に、郁は息をのんで式部が登場するはずの戸口を見る。

だが一瞬、その姿が見えなかった。背が低すぎて。

あわてて視線を下へとずらしてようやく視界に入ってきたのは、大人の腰ほどまでの背しかない、年少の女の子だった。

綺麗にそろえたおかっぱ髪に、赤茶の浴衣。小さな足にはわらじ履き。大きな瞳に、ふっくらとした頬。つくも神だからけっこうな歳のはずだが、四、五歳のいたいけな幼女にしか見えない。緊張しているのか表情は一切ないが、有名な蛍飛ぶ兄妹アニメを思い出してしまった。はっきり言って可憐だ。

（嘘っ、アバターってこんなに可愛いの⁉）

とても元が長さ十五メートルの半地下型窯とは思えない。郁だけでなく他の同席者たちも同じ感想なのだろう。あっけにとられたように式部を見つめている。そんな中、郁は気づいた。式部は可愛い。そしてつくも神だ。また有馬が暴走するのではないか。

あわてて隣を見ると、彼は静かだった。現物でないと反応しないのかなと安心しかけて、郁はぎょっとした。

拳に握り締めた有馬の手が、ふるえていた。

右手をもう片方で必死に押さえ込んで、小さな声でぶつぶつと「駄目だ、駄目だ、あれを愛でては駄目だ、これも今田氏作の器のため……」とつぶやいている。……抑えられるだけの理性もあったのか。というか人型になっていても反応するのか、この人は。

だが困った。難しい顔をした大人ばかりのところへ現れた可憐な花一輪。いかにも頼れますといった三田弁護士の外観もさることながら、あどけない幼女が相手に加わると強い。見るだけで敵愾心《てきがいしん》を削がれてしまう。

「まずいな。被告がむさくるしい男では不利だ」

「そんなこと審理中に囁いてこないでくださいい、有馬さん」

「だがアバターはどんな姿でも取れるはずだ。それをわざわざあんな幼女にしたのは、裁判官の同情を買えるという陰険なあいつの計算に決まっている」

「そんな、決めつけなくても」

「今田さん、聞きますが彼女は最初からあんな姿だったんですか？」

「いえ、まさか。窯の形以外を取ったことがないので女の子とは知りませんでした。受け答えが繊細で優しいので、女性かな、とは思ってはいたのですが……」

三田弁護士にエスコートされて、つくも神、式部が席に着く。椅子が高すぎて座れず、三田弁護士が優しく抱きあげてあげるという高度な技つきだ。裁判官も見た目が書類上の年齢についてこず、混乱しているようだ。「その、ずいぶんと幼い原告のようだが、答弁はできるのかね」と、おそるおそる聞いている。

三田弁護士が憂い顔で答えた。

「申し訳ありません、彼女は口がきけないのです。ですから答弁は代理で私が」

「え」

「長年の酷使により、口を動かすことも困難で。表情筋も完全に摩滅し、もはや笑みをつくることすらできません」

しんっと部屋の空気が凍りついた。無表情で椅子に座っている式部の隣で、三田弁護士が、くっ、と、わざとらしく目頭を押さえている。

部屋中の皆が彼女に同情した。被告である今田氏までもだ。

「私はあんないたいけな幼女に火をつけて、何日も眠らせず酷使していたのか……」

まずい。三田弁護士の答弁が始まる前から今田氏が落ちる寸前だ。急いで「異議あり」と有馬が手をあげた。そこへかぶせるように三田弁護士が鋭く言葉を放つ。

「また、あなたが話すのですか、有馬さん」

何？　と、有馬が彼を見る。

「有馬さん、私は前の答弁は欠席しましたが、代理から話は聞きましたよ。前回は最初から最後まであなたが話して、肝心の被告今田氏は言葉を挟む間もなかったそうですね」

「は？　それがどうした」

「この審理はあくまで原告と被告の物。彼らが納得いくまで話し合い、結論を出すのが正しい形です。あなたが出しゃばっては被告も思うように話せない。いえ、それどころか被告の想いを置き去りにして、あなたが自分の欲求を通そうとしているだけではないですか？　あなたは被告の作品がもっと見たいと言っていたそうですね」

「そ、それは。だがお前だって式部に話させず……」

「私は証人ではなく原告の代理としてここにいます。何しろ彼女は……話せませんから」

まずい。こう来たか。

ただでさえ有馬は裁判官の心証がよくない。そのうえ今回も三田弁護士が登場するまではひとりでしゃべりまくっていた。ここでこの言葉を無視して有馬が表に立ち続ければ、裁判官に与える印象はさらに悪くなる。

「くっ、しかたない」

選手交代だ。意気消沈している今田氏に、有馬が発破をかける。

「今田さん、また式部と一緒に作品を作るのでしょう。彼女は今はあんな姿でも本体はれっきとした窯です。火入れをするために作られている。あなたがここで反論しなくてどうします」

「そ、そうですね。私が頑張らないと……」

歯を食いしばった今田氏が反論し始める。だが相手が悪い。言うこと言うこと、ことごとく論破されてしまう。

「では聞きますが、あなたは今まで式部にその労働にふさわしい対価を払ったことがありますか？」

「い、いや。それはない。だが、あの窯はうちの所有地にあって、うちの持ち物で、だから固定資産税だって払っているし、所有権だってあるはずで……」

「は、所有権！　このような場所で人間の歴史、奴隷制の是非を話さねばなりませんか？」

三田弁護士が大仰に両腕を広げる。

「古来より、いったい幾多のつくも神がその言葉のもと泣いてきたでしょう。所有権！人が勝手に作った法律を、無垢なる神に適用するのはやめていただこう！　今までは何も言われなかった。あなたの理屈はわかります。彼女も今まで異議を唱えなかった。そして法的にも登り窯を所有することについて問題はありません。古代ローマもそうでしたね。奴隷制は合法で、誰も異議を唱えなかった」

ですが現代ではどうです？　と三田弁護士が眼鏡をくいとあげる。

「そ、それとこれとは」

「話が違う、ですか？　いいえ。同じです。彼女は自我を持ち、動くことができる。そしてあなたの保護下になくとも生きることに困りません。いえ、逆に体内で器を焼くことによってあなたに富をもたらしている。逆に問います。あなたこそ何の権利があって彼女を拘束しているのです？」

そこからは三田弁護士のひとり舞台だった。いかに式部が今まで耐え忍んできたか、自由を求める心が正当かを説いて聞かせる。有馬も、いつもにこやかに場を和ませる薫さんも口を挟む隙がない。

場の空気は完全に三田弁護士の物になった。裁判官も、書記官も、式部への同情を隠しきれずにいる。今田氏に至っては、罪悪感から完全に戦意喪失状態だ。

「家族間でも子はいずれ独立していくものですよ。あなたもそろそろ彼女に頼るのはやめ、ひとり立ちする時でしょう。彼女が今まであなたに払った労力を金銭化し、あの土地ごと法人化して管理を彼女が選んだ弁護士、つまり私に任せることを要求します」

裁判官が、どうします、と言うようにこちらを見る。駄目だ。ここで何か言われたら今田氏は譲ってしまう。式部の要求を全面的に呑んでしまう。こちらの負けだ。だが有馬は口を開けない。開けばさらに裁判官の心証を悪くして浮上できなくなる。

その時、三田弁護士がふっと笑った。余裕の表情で。

「……少し気持ちを落ち着かせる時間が必要なようですね、被告は。裁判官、答弁の次回への持ち越しを要求します」

三田弁護士が話し合いの終了と、再びの仕切り直しを提案した。

情けをかけられたのが、はっきりとわかった。

「また後日」と告げる裁判長の声が響く。隣からぎりぎり歯を噛み締める嫌な音がした。

3

翌日の夕食時。有馬家の食卓にずらりと並んだのは和の饗応《きょうおう》、豪華料理だった。

先付けの盛り合わせから始まって。刺身に天ぷら、椀の物、茶碗蒸し、デザートのメロンまで。一気にずらりと並べてある。

「こ、これは。今日はどうしたんですか、薫さん。何かのお祝い!?」

「あー、僕がつくったんじゃないよ。有馬の仕業」

有馬の？　郁は眼をぱちくりとさせた。

「……もしかして、これが噂の、仕事の合間のストレス発散料理ってやつですか？」

「うん。たぶん。はっきり聞いてないけど、そこらは察してあげて」

黙って食べてあげるのが礼儀だよと言われたが。凝り具合で煮つまり度がわかると薫さんから聞いた有馬の手料理だ。このフルコース具合だとストレス数値はどれほどか。

「ま、とりあえず座ろうよ、郁ちゃん。僕ひとりじゃ食べきれないからつきあって」

「は、はい……」

おそるおそる席に着く。

まずは前菜だろうか。細長い皿に、紅葉したモミジの葉をあしらった柿がのっている。上部を蓋のように切ってずらしてあるので、取ってみると、柿の中身はくりぬいて、代わりに旬の蕪《かぶ》とサーモン、松の実を和えた洋風なますが入っていた。その隣にはきれいに松葉に刺した銀杏もある。

「先付けは二種盛りなんだね。椀の物は何かな」

言いながら薫さんが椀を引き寄せるので、郁もまねして蓋を開けてみる。

ふわりと昆布の香りが漂った。透明な出汁の中に、薄紅の丸い物が入っている。飾られた柚の皮と木の芽の色が鮮やかだ。試しに箸を入れると、抵抗なく沈んだ。

「わ、すごくやわらか」

「それは海老しんじょだ。海老で茶巾絞りをつくり、出汁に沈めた」

台所からお玉を持ったまま出てきた有馬が説明してくれるが、水道光熱費を浮かすため、安い素材で、煮る、焼く、レンジでチン、のシンプル調理を心がけてきた郁では、こんな手の込んだ料理は名前を言われても理解できない。

「魚河岸に行ったら、生きのいい海老があったからな。一部は刺身にして、残りはすり身にして、河岸に行く前に通りかかった畑で目について譲ってもらった掘りたて山芋と産みたて卵の卵白を混ぜて蒸してみた。すべて採れたてだから味が濃い」

「しかも市場や農家からの仕入れまで自力という、まさかのパターン……」

もはや仕事の合間に、の域を超えているような。

「……やっぱり昨日の裁判がストレスになったんだろうねえ。実はあれから有馬、全然食事取ってないんだよね。水分と栄養補給のゼリー飲料だけは無理やり取らせたけど」

ため息をつきつつ、薫さんが箸を手に取る。

「郁ちゃん、冷めない間に食べなよ。せっかくの料理だし。僕たちがおいしそうに食べてれば有馬も食欲が戻るかもしれないよ」

「は、はい。いただきます……」

郁は箸に挟んだ海老しんじょを唇に運ぶ。一口含む。思わず立ち上がりそうになった。

何これ、うますぎる！

舌に、喉の奥に、ふわりと海老のうまみが広がる。前に薫さんに褒められて朝食メニューはもっと凝った物をつくろうと思っていたが、封印だ。差がありすぎる。

目を丸くして固まっていると、有馬が次々と料理の説明をして勧めてくる。そのどれもがうまい。夢中であれもこれもと味見していると、電子音が聞こえてきた。

メールの受信通知だ。とたんに、有馬がお玉を放り出して食堂を出て行った。書斎に戻っていく。次の口頭弁論に向けての準備書面づくりで忙しいのだ。

せっかくの料理なのに、彼は食べないつもりだろうか。さっきまで暖かかった食堂が、急に広く、寂しい物になった気がした。一度、部屋に入ってしまうと長いのだ、彼は。

薫さんが勧めてくれる。

「さ、僕たちは食べよう。有馬にはあとで僕が栄養ドリンクでも差し入れとくから」

「はい……」

目の前の食事を見る。なんだか……久しぶりに食欲がなくなった。お腹はすいているのに喉を通りそうにない。どうしようと迷っていると、薫さんが小さくため息をついた。

「郁ちゃん、食べる暇はなくても、有馬、喉は渇くと思うんだよね」

「え」

「お茶、淹れて持って行ってくれないかな。ポットに入れて」

「は、はい……！」

日本茶の淹れかたなら以前、薫さんにレクチャーしてもらった。丁寧に淹れて、ついでに、個包装の梅干しと茎わかめも添えておく。本当は甘い物をと思うけど、有馬は辛党だ。

書斎の扉をノックして、薫さんに言われたとおり、返事がないけど中に入る。

有馬はプリントアウトした資料や書籍に囲まれて、パソコンの画面に集中していた。

邪魔にならないところに盆をおきつつ、「お茶ここにおいときますね」と言ったが、ああ、と生返事をするだけだ。こんな有様で勝てるのだろうか。口頭弁論の回数に決まりはないので、有馬は勝つまで食い下がると言っていたが。

彼の手はせわしなくメール添付の資料に注釈を入れ、プリントアウトしている。これは当分、食事に戻れそうにない。

「……ごはん冷めちゃいますよ。有馬さん、せっかく作ったのに」

「お前と薫で食べておいてくれ。食べきれなかった物は冷蔵庫に入れておいてくれればあとでどうとでもする」

相変わらずパソコン画面を見ながら有馬が言う。

いつもだとここで褒めるように、ぽんぽんと頭に手をおくのにと少し物足りなかった。

「あの……」

郁はそっと話しかけた。

「もう今田さんも譲る気になってるし、そこまですることはないんじゃないですか」

そんなに、食べ物が食べられなくなるほどストレスをためてまで。

いくら美術品が好きでもこれは他人の問題なのだ。そして当事者である今田氏は前回の口頭弁論ですでに戦意を失っている。今にも今田氏から和解はあきらめる、訴訟内容をすべて呑む、と連絡が入りそうだ。何も有馬がひとりで頑張ることはないのだ。

「頑張っても、無駄になるかもしれないですよ」

「それでもいい、ぎりぎりまでねばる。いや、そうなったら、俺が今田氏を説得する」

どうしてそこまで。そう言うと、有馬が資料をめくる手を休めて言った。

「物はな、人が手をかけなくては、あっという間に劣化するんだ」

「え?」

「京都では公害防止条例により野外の登り窯は操業不可となった。二〇〇七年には国内の登り窯の数個が近代化産業遺産に認定されたし、時代は窯を使用ではなく保存の方へと向かっている。それとて窯を温存できるという観点からすればありがたい話だが」

住む者のない家が傷みやすいのと同じだ、と有馬が言った。

「窯が窯であるためには常に手入れをし、火を入れ、愛情をかけて労わらなくてはならない。そもそもそれだけの想いをかけられたからこそ、式部はつくも神として発現したのだと俺は思う。そんな品を今さら自由にだと？　馬鹿な、野ざらしになどできるか！」

登り窯は野外にある。そして主な素材は土と日干し煉瓦。人の手が入らなければ崩れて土に還ってしまう。

「それだけではない。弘法《こうぼう》筆を選ばずと言うが、道具と人には相性がある。窯もそうだ。それぞれ個性が、くせがある。陶芸家がそれらをすべて頭に入れ、使いこなせるようになるには時間がかかる。それがなくとも自然の炎を相手にするには年季がいるんだ」

昔、製鉄に携わる工人や鍛冶の神は東西を問わず、一つ目一本足の姿で表されることが多かった。それはなぜだと思う？　と問いかけられた。

「熱調節のためだ。常に炎を見つめ、足で鞴《ふいご》を踏み風を送る。その過程で目を病み、足を痛めた。そこまでしないと道具とは一体化できないし、よい鉄は生まれない」

陶芸も同じだと有馬が言う。

ああ、有馬はやはりつくも神の味方だ、と思った。

今田氏の作品が見たいから今回はつくも神に敵対する。そんなことを言っていたが、彼は所有者、つくも神、双方のことを考えて、どちらもが満足できる道を探している。

「……あの、手伝えること、ある？」

「いや」

振り向きもせずそう言って、素っ気なさすぎたと思ったのか。有馬がパソコンから顔をあげて郁を見る。

「またそのうちお前に頼むことが出てくると思う。それまでのお前の仕事は俺の分まで食べることだ。お前こそ飯が冷めないうちに食堂に戻れ」

いっぱい食べとけよ。お前ひとりの体じゃないんだから、と言われた。……たぶん、郁と指輪を指して言っているのだろうが、それは妊婦さんに言うセリフではなかろうか。

複雑な気分になって郁はお腹を押さえた。

だが、それでも。こちらを見てくれた有馬が嬉しかった。

何かしたい。そんな欲求が郁の胸に芽生えていた。

この世界に触れて三か月。百年たたないと発現しないつくも神から見れば瞬きするような短い時間だが、それでもつくも神と彼らを所有する人との関わりを見てきた。

有馬は郁の何十倍もの時間を彼らと過ごしている。きっと郁の何十倍も今田氏と式部、こじれてしまったふたつの存在を何とかしたいと思っている。

だから、自分も。助手として、何か有馬の手助けがしたい。自然とそう思った。

数日後の学校帰り。郁は新しい学校の制服を着て、駅に向かって歩いていた。

前の学校がブレザーだったので、古式ゆかしいセーラータイプの制服が新鮮だ。中学の時もセーラータイプの時があったが、どうせすぐに転校するのだしと、前の学校のブレザー制服で押し通したし、それにやっぱりスカートの丈が違う。

転校を繰り返すと、地方によって制服の着こなしが違うのがわかってくる。学校ごとにデザインが違うのに、スカート丈やバッグの持ちかたなど独特の地域色が生まれるのだ。

神戸の街はワンピース制服の学校もあるからか、スカート丈はやや長めだ。あと、学校指定の布製トートバッグを持っている率も高い。夏には日傘をさして通学する猛者も見かけたが、さすがにこの季節ではもういない。

そんなことを考えながら通学路の角を曲がると、道沿いのコインパーキングにシルバーの四シーターポルシェが停まっていた。

気障《きざ》に車体に腰をおいているのは、三田弁護士だ。

なぜ、こんなところに有馬の天敵が。無視して横を通り過ぎると、声をかけられた。

「やあ、郁君、家まで送ろうか」

「けっこうです」

「まあ、待ちたまえ」

三田弁護士が追ってくる。さすがは弁護士、隙がない。少し離れてついてくる。

これが腕をつかまれた、というなら郁も堂々と防犯装置を作動させられるが、同じ方向へ歩いているだけだ。騒げば郁の方こそ自意識過剰の変な人だ。

そんな郁の考えを読んだように、にっこりと三田弁護士が微笑んだ。

「半径一メートル以内には近づかないから安心したまえ」

「……用心深いんですね」

「弁護士というのは逆恨みをされることもある職業でね。以前、君と同じくらいの少女にいきなり腕を組んでこられて、写真を撮られそうになったことがある」

援助交際をしている弁護士だ、とスクープをあげたい三流雑誌の芝居だったそうだが、以来、十代の少女には近づかないようにしているそうだ。

「だから式部君にも安全な年代の姿になってもらった。彼女には嫌がられたが」

やはりあの姿はこの人主導だったのか。理由は違ったが有馬の予測は大当たりだ。

「それでも私に声をかけたのは、有馬陣営を崩したいからですよね」

「ご名答」

あっけらかんと言う。

「ついでに言うと、一徹がどうやら君のことを気にかけているようなのでね。奪ってみたくなった。君を私に取られた一徹がどんな顔をするか、見てみたい」

なんだそりゃ。それに、一徹、と言われて一瞬何のことかわからなかったが、それは有馬のファーストネームだ。なぜ有馬だけでなく三田弁護士までがそう呼ぶ。

「安心したまえ、無理強いはしない。少し雑談するだけだよ。君だって私に探りを入れられるのだし、お互い損のない取引だと思うが」

「……どうしてですか？」

思わず尋ねてしまう。

「わざわざそんなことをしなくても、あなたがたが優位じゃないですか。勝利も目前で」

「それはもちろん、圧勝したいからだよ。完膚なきまでに君たちを叩きのめしたい」

何ゆえに。

「一徹が嫌いだからだ」

「…………」

「この手で、できるだけ深く、絶望を味わわせてやりたい」

「……………」

「この間の答弁でも息の根を止めることはできたが、少しでも長く苦しむ姿を見たかったのでね。敢えて時間を与えた。ふふふ、あいつのことだ。今頃、必死であがいているだろう。その様子も君の口から聞きたい」

……どうしよう。真性のいじめっ子だ。というか、有馬はこの人をここまで怒らせる何をしでかしたのか。完全に私怨が入っている。関わってはいけない部類だ。

それに、一徹、と、やはりファーストネーム呼びだ。薫さんや綾音さんですら、有馬のことは苗字で呼んでいるのに。

(もしかして実はかなり仲が良いとか？)

そう思ってみると、三田弁護士と有馬には似通ったところがある。歳も背の高さも同じくらいだし、整った顔立ちも、目立つ容姿の人だというのもそっくりで……。

そこではたと気づく。まずい、問題だ。

いつの間にか、かなりの人目を集めている。少し離れて歩いていても、会話はしているのだ。下校中の学生たちがちらちらとこちらを見ている。

せっかくなじみかけてきた新しい学校で、悪目立ちはしたくない。

見透かしたように、彼が微笑んだ。

「一緒に来る気になったかい？　なら、つきあってくれるお礼に、君の知らない一徹のことを教えてあげよう」

「え」

「危険だよ。あいつのそばにいると」

君が狙われることになるかもしれない、と彼は言った。

それを聞いたからではないが、郁は「少しだけなら」と答えていた。

これ以上、目立ちたくないし、相手の身元は割れている。敵対していても弁護士という職業柄、ついて行っても妙な真似はされないだろう。そう考えたのもあるが。

有馬のために何かしたい。

雑談でいいから、何か突破口となるようなヒントを聞き出したい。そう思ったからだ。

三田弁護士の車に乗せられて、街路樹の植わった道を走る。

郁は緊張しているが、三田弁護士は余裕だ。ゆったりとシートにもたれ、ハンドルを操るところは、何というか気障だ。だが取ってつけた感はなく、根っからといった感じでこれは有馬と違ってもてるなと思った。と、なると、そばにいると妙な嫉妬に巻き込まれるのが常だ。

有馬と行動して学習している郁は、気をつけなくてはと車窓の外をうかがう。

すると三田弁護士が軽く笑った。安心したまえ、と言う。

「私もトラブルは苦手なのでね。誤解を避けるために依頼主であっても、女性同伴の時は店舗タイプの店には入らないことにしている。人目につくのは避けたいのでね」

途中、ドライブスルーの店があったら寄ろうと言われた。

少し憂いが漂ったところを見ると、イケメンはイケメンなりに苦労があるようだ。

「もしかして、それで私に助手席じゃなく後部座席に乗るようにと言ったんですか」

「車の場合、距離が近いのがいけないのか、助手席だといろいろ言われやすいからね。あの姿の式部君でさえ、今、噂になっている。車に乗ったことがないと言われたので目が届くようにと助手席に乗せたが、私としたことが油断した。誰がロリコンだ」

「じゃあ、今度、式部ちゃんを法廷に連れてくる時は、お歳を召した女性の姿になってもらえばいいんじゃないでしょうか」

「その姿なら皆の同情を買いにくいと計算したのかね？　一徹のためとはいえ健気だね。

残念ながら却下だ。無駄だよ。経験済みだ。車に酔いやすいという年配女性の依頼人を助手席に乗せたことがあるが、彼女が富裕層だったこともあって、私が彼女の新しい愛人になったと騒がれた。式部君は次回もあの姿で出廷させる」

ちなみに年配男性を乗せた時は「パトロンか。男色でコネを作っている」と噂されたとか。おかげで車を四シーターに買い換えるはめになったと、三田弁護士の眉間の皺が深くなる。自慢好きのナルシストか、気の毒な苦労人なのかよくわからない人だ。

そんな具合に当たり障りのない話で探りを入れていると、鼻で笑われた。

「もうやめたまえ。取引を提案したのは私だが、君の話術では無理だ。このドライブが終わった頃には君は何ひとつ必要な情報は引き出せず、逆に丸裸にされているよ」

完全に素人扱いだ。確かに素人だが悔しい。そんなことを言われては話せなくなるではないか。内心うめいていると、ドライブスルーのあるコーヒーショップが見えてきた。

「君の好みはすっきりキリマンジャロ系だったね」

こういったカフェは初めてで注文に困っていると、三田弁護士が、前に郁が裁判所近くのコーヒー店で頼んだ銘柄を口にした。それから、

「そしてケーキなど甘味が好きと。なら、これがいいだろう」

スマートに飲み物を注文されてしまった。お前たちの行動はすべて把握していると言

わんばかりの態度だが、手渡されたカップはクリームが増量されていて、甘い香りに心がまったりする。郁の好みにぴったりだ。エスコート能力が半端ない。イケメンだ。

三田弁護士はシンプルにエスプレッソ。さりげなく受け取る手つきがかっこいい。

「そうしていると君は普通の女子高生だな」

「……何をしてても私は普通だと思いますけど。三田弁護士さんと違って」

「伊織でいい。一徹もそう呼んでいるだろう？　もちろん、互いを名で呼び合って、警戒を解かせる作戦だよ。だから遠慮なく呼んでくれたまえ。ま、君は十分非凡だと思うがね。あの一徹と平気で一緒にいられる、それだけで普通じゃない」

それから彼はしばらく走ったところで車を止めた。神戸の市街を見おろす六甲山の道沿いだ。誰もいない。夜ともなれば絶好のデートスポットだろうなと思う見晴らしの良い待避所で、三田弁護士が「本題に入ろう」と言った。

「一徹といると危険な理由を教えてあげるよ。君にも関わりがあることだからね。君はつくも神の国外持ち出しが禁止されているのは知っているね？」

彼が問いかけてくる。「理由はわからない。が、無理に持ち出せばつくも神は死に、器も塵《ちり》となる。だから高値で取引される品であろうと、保護法に反してまで密輸する者はいない」と。

「だがね、つくも神化していないただの美術品なら、自由に持ち出して売買できるんだよ。それが有馬のそばにいては君が狙われると言った理由だ」

「え……？」

「一徹の一族はね、器を損ねることなく、つくも神だけを殺すことができるんだよ」

何、それ。

郁は大きく目を見開く。

「半ば都市伝説めいた話だが、関係者なら事実だと知っている。有馬家の当主から当主へと伝えられる、門外不出の技だ。今も有馬が使えるはずだよ。彼はその交渉力の高さから、〝国宝殺しの有馬〟などと呼ばれているが。あのあだ名は伊達《だて》じゃないんだよ」

郁は驚きのあまり、目を瞬かせることもできない。

荒唐無稽な話だ。なのになぜか彼が嘘を言っていないと理解した。追い打ちをかけるように、三田弁護士が言う。一徹はね。そのせいで、幼い頃に誘拐されたことがあるんだよ、と。

「まだ彼の祖父が健在だった頃のことだ。犯人からは身代金の要求はなかった。だが半月経っても一徹は戻ってこず、そのまま事件は迷宮入りかと思われた」

そんな時、彼の祖父が捜索願を取り下げたそうだ。こちらの手違いで、孫を使っていない山荘に閉じ込めてしまっていただけだ、事故だった、と言って。

「実際、山荘に駆けつけた彼の母が、衰弱しきった一徹を見つけた。だがね」

そこで思わせぶりに言葉を切って、三田弁護士が郁の顔を覗き込む。

「それと同時に有馬家所蔵のつくも神化した古器のコレクションが、数点、消えた」

それって、まさか。

「君が想像したとおりだよ。当時、有馬家は裏で犯人と取引をしたのではと騒がれた。身代金の代わりに、盗品など闇市場に出回っているつくも神化美術品とともに、コレクションの一部を海外へ流せるように、つくも神を殺したのではないかと。いや、神殺しの技自体を犯人たちに伝えてしまったのではないかと」

しかも有馬の祖父はその時からぴたりと創作活動をやめてしまった。父、宗徹の後継とまで言われ、将来を期待されていた工芸家だったというのに。

「それもまた、つくも神を殺した罪悪感からではと皆の噂を助長した。結局、彼が頑として口を割らないまま亡くなったので、疑惑は疑惑のままうやむやになったけどね」

真実を聞き出そうにも、当事者のひとり、有馬は事件の衝撃からか、当時のことは何も覚えていないそうだ。

「だから一徹はずっと探しているんだよ。あの時に消えたコレクションを。自分のせいで祖父が真実、罪を犯したかどうか。あの時、何があったかをあかす品を。彼の祖父が愛しそばにおいていた品を。どうやらその最も重要な品は見つけたようだがね」

三田弁護士が言って、郁の手袋のはまった手を見た。

「一徹がその指輪のつくも神化にこだわるのは、犯人とのやり取りを記憶しているかもしれないからだ。だから、その指のつくも神を覚醒させるためなら、一徹は君を犠牲にしかねないよ。何より、君とその指輪の事情が知られれば、あの時の組織が君を狙うかもしれない。その指輪を黙らせようとして」

郁は学校でも手袋をつけている。アレルギー体質で、と有馬が学校側に説明してくれたが、指輪を露わにしないためだ。それはつくも神のことが秘密だからかと思っていた。でも、もし、違うなら。

郁がGPS付きのスマホを持たされている理由が、かつての誘拐犯たちのせいなら。

「私のところへ来たまえ」

郁の戸惑いをつくように三田弁護士が言った。

「私なら君を守ってあげることができる。一徹からも、組織からも。君は自分がどれだけ不安定な立場にあるか自覚するべきだ」

危険なんだよ、その指輪は。一徹にとっても、君にとっても、と彼は続ける。

「すべてをその指輪から聞いた時、一徹がどうなるか予想がつかない。あの時、発見された有馬は声すら出せない、別人のようになっていた。自分の記憶を葬り去るほど過酷な体験をしたはずなんだよ。もしそれが蘇ってしまったら」

それを聞いて、郁はやっとわかった気がした。なぜ、有馬がつくも神に味方するのか。小さき声に敏感になるのかを。

きっと己が重なるからだ。ひと気のない山中、誰もいない山荘に閉じ込められて。呼んでも誰も来ない、応えてくれない。そんな状況に幼い身で半月もの間、曝《さら》されていたから。その時のことを記憶として覚えていなくても、体が覚えてしまっているのだ。

だから彼は無意識に小さな声に耳を傾ける。誰も聞き取ろうとしない声を探し、人の都合で閉じ込められているか弱いつくも神たちに心を向ける。

僕はここにいる、誰か助けて。

幼い叫びが聞こえた気がした。

有馬とは昔からのなじみである薫さんは当然このことを知っている。薫さんが有馬をひとりで行動させないわけは彼を絶対に孤独にさせない、そのためもあったのだ。

だがなぜ、三田弁護士がこんなことを知っているのか。

これが事実なら、有馬が知られたくない過去のはずだ。なのにどうして天敵とまで言われるこの三田弁護士が。

「……そんなことを話されて、私が、はいそうですか、と信じるとでも？」

どちらにせよ軽々しく赤の他人に話すことじゃない。郁はせめて有馬を守ろうと、「こちらこそ有馬さんの名誉棄損だと訴えますよ」と、三田弁護士をにらみつける。

「嘘ではないよ。私はすべてを知る立場にいたし、こうして君に話すのは、身内として彼が心配だからだ。純粋な気遣いの結果で、訴えられるようなことじゃない」

「身内……？」

三田弁護士がすっと眼鏡に手をあてる。

その仕草が、こんな時なのに様になっていると感じた。冷たく見える眼鏡を取って、思ったより感情の動く瞳をひたとこちらにあてて、彼が言った。

「この顔、わからないかね？」

はい？　ナルシスト？　と言いかけて、郁は気がついた。この目尻の形、よく見ると意外なほど優しく見える瞳。それらは有馬にそっくりで……。

「まさか」

「そう、私の母は彼の叔母に当たる。私たちは従兄弟《いとこ》同士なんだよ」

4

「私のもとへ来る気になればいつでも連絡してきたまえ。一徹も悪いようにはしない」

そう言って名刺を渡すと、三田弁護士は有馬邸から少し離れたところに郁を下ろして帰っていった。

家へと残りの坂道を歩きつつ、三田弁護士の言葉が頭から離れない。

――すべてをその指輪から聞いた時、彼がどうなるか予想がつかない。

それはどういう状態を指している？　有馬が復讐の虜《とりこ》になるとでも？　それとも自責の念から潰れてしまうとでも？　つきあいの浅い郁にはわからない。それでも人の心の脆さは知っている。愛憎の位相が反転すれば、それが大事な物であればあるだけ、逃れられない重荷になる。

人の心には天秤があると思う。

ぴんと伸ばした左右の腕にひとつずつ、こぼすことのできない大切な物が乗っている。ぐらぐらとゆれて迷っている。

有馬が〝国宝殺しの有馬〟という二つ名を嫌がっていた理由。

そして前に、「助五郎が壊れるところを妙子さんが見て嘆く、持ち主を変えずとも、その場面を助五郎が見ずに済む方法ならあるにはあるが。それは双方が望む解決法ではないしな」と言っていたのは、このことだったのだ。つくも神としての助五郎を先に安楽死させ、いずれ器が崩れ去る瞬間を見ずに済ませる。そういう道もあると言っていたのだ。

ただいま、と小さく言って、渡された合い鍵を使って家に入る。こんな日に限って、家政婦さんは休みだ。薫さんも有馬の代理で出張中、帰りは明日になる。つくも神の伝丸もお昼寝中のようだ。有馬はいるはずだが、納品時期が迫っているという本業の創作活動で離れのアトリエに籠っているのだろう。誰も出てこない。

いつもと違ってしんっと静まり返った家が妙に頼りない。

自室に入ると扉を閉めてベッドに転がる。手袋を外し、指輪を見る。確かに有馬がこの指輪を他の古器とは違う扱いをしているのは気になっていた。だが、それは、「ひいおじいさんが作ったから、芸術性が高いからって思ってたのに……」

ため息をついて、有馬と初めて会った時のことを思い出す。

ちょうどこの指輪を買った夜のことだった。祖父母に連れられて行った近所の神社の祭。そこに並んでいた夜店。堅実志向の郁がその店の前で足を止めたのは、店番をしていたおじいさんが、祖父の家の隣家の住人だったからだ。

お隣といっても百メートル以上離れている。が、密な田舎づきあいのおかげで、お泊まりに来ているだけの郁も顔なじみだ。だから挨拶の延長で店の前にしゃがみこんだ。

「いつもは夜店は的屋《てきや》さんたちに任せてるんだけどね。今年はちょっと趣向を変えて、住民もフリーマーケットで参加してみようってなってね」

そう言って、今年の当番氏子だというおじいさんは、商品を見せてくれた。骨董市をテーマに、家にあった使わない古びた品を根こそぎ持ってきたそうだ。

「孫にもSNSに画像を上げて宣伝してもらったけど。駄目だねえ、やっぱこんな普通の家じゃ、お宝発見ってわけにはいかないよ」

郁ちゃん、どうだい、安くしとくよ、と言われて、かさばらなくてお安い物をと考えて、目についた指輪を選んだ。綺麗な桜の模様に、ペルーに持って行けば日本のいい思い出になるかなと思った。代金を払って、指にはめたところで、

「ちょっと待ったあ、その指輪、買い取らせてくれっ」

と、いきなり腕をつかんできたのが有馬だった。スマホ画面を突きつけて「ネットで見つけて、わざわざ来たんだ、寄越せ」と言う顔があまりに鬼気迫っていて、

「すみません、不審者ですっ」

と、氏子さんたちが詰めている社務所に駆け込んで、裏口から逃がしてもらった。

それからすぐに祖父母と家に帰ったが、その翌日だった。

祖父母が事故にあい、郁があの北区の家にひとりになったのは――。


改めて思い出すと、つくづく最低な出会いだ。そもそもあんな対応をした郁を、有馬はよく引き取ってくれたなと思う。

郁は起き上がると部屋を出た。廊下を歩いて、彼を探す。

離れのアトリエに行く前に、書斎を覗いてみると、有馬は本業の仕事をしているのではなく、そこにいた。机にかじりついている。

今朝と変わらない姿にほっとしたが、今度は彼の体調が心配になる。朝に覗いた時と全く変わらないということは、もしや一歩も部屋から出ていないのでは、と不安になる。

そういえば薫さんに、「留守中、何でもいいから有馬に食べさせといて」と言われたが、この状態を指していたのだろうか。なら、有馬は朝から何も食べていない。

すぐ何か口に入れさせるべきだが、この集中具合。食堂に連れていくのは無理そうだ。

「差し入れ、するか……」

あんな和懐石を見せられたあとだ。凝った料理は作りたくない。シンプルにおにぎりにすることにした。昼食兼夕食だから、具に凝ろう。お腹にたまる物にしよう。

冷蔵庫を覗いて、まずは旬の秋鮭を焼く。

冷めたらほぐして塩だれを絡めた刻み葱を混ぜて、ふんわりやわらかなご飯の真ん中においで握る。次の具は甘辛く炒めた肉味噌と秋なす。さっぱりしたのも欲しいので、しらす干しといりごま、刻んだ梅干しに大葉をご飯全体に混ぜて握ってみた。大葉の香りと梅の酸っぱい匂いがたまらない。あとは定番の塩昆布に醤油おかか。一応、お味噌汁もつけてみた。まめに料理する家なので、食材がいろいろあるのが助かる。

「夕食、おいときますよ」

軽くノックをして書斎に入って、机の脇で言ったのに、聞こえていない。

しょうがないのでおにぎりをひとつつまんで有馬の口元に持っていく。

「ほら、有馬さん、食料ですよ、聞こえてますか？」

すると有馬が、視線は資料に固定したまま、ばくっ、と、食いついてきた。そのまま一気に飲み込むので、郁があわててお皿を差し出すと、のっていたおにぎりを鷲摑みにして次々と食べていく。

「……お腹、すいてたんだ」

これでは食べたことすら覚えてないんじゃないかと思ったが、それでも嬉しい。味噌汁も差し出すと、ずずっとすすって人心地ついたのか、有馬がようやくこちらを見た。

「なんだ、お前、いたのか」

「……はい、さっきから」

この人、おにぎりや味噌汁がどこからわいたと思っていたのだろうか。まあ、気づいてもらえて良かった。郁は睡眠を勧めることにした。確か昨夜も寝ていないはずだ。第三回の答弁は明後日だし、そろそろ休憩を取っておかないと体がもたない。

「大丈夫ですよ、これだけ調べたんです、うまくいきますって」

「だが、あいつには負けた」

あいつとは三田弁護士のことか。

「たぶん、次で奴は決めてくる。今度も俺が話すことは封じてくるだろうし、となると頼りは今田氏だけだ。本番中に何を言われても今田氏をぶれさせない何かがないと」

「それはそうですけど。でもしょうがないですよ、有馬さんの得意はつくも神の相手で、人間相手は本職じゃないし。そもそも普通の会話が苦手だし」

いつになく元気のない有馬を励まそうと言ったのだが、逆に有馬を落ち込ませたらしい。黙ってしまう。まずい。郁はあわててフォローした。

「あ、ほら、相手が人間でも、美術品蘊蓄とかを語る時は有馬さんもすごいじゃないですか。雑談だと相手を怒らせちゃうこと多いですけど、マニア向け蘊蓄だと最強で」

「………」

「人には向き不向きがあるし、三田弁護士の話術が有馬さんと違って爽やかでも全然、気にすることないですよ。あちらはあれが本業ですし。だから大丈夫」

「……………」

ああ、まずい。駄目だ。人間相手がへたなのは郁も同じだ。話せば話すほど落ち込ませている。郁は今ほど自分の会話ベタを呪ったことはない。

黙り込んでしまった彼に郁がハラハラしていると、やがて有馬がぼそりと、「……そうだな」と、小さく言った。

「俺は変態だ。つくも神と美術品への愛と蘊蓄しか能のない男だ。それ以外は日常会話もおぼつかない、非常識な社会不適合者だ……」

「い、いえ、確かにそうだけど、さすがにそこまではっきり言ってないかなって……」

「だが、愛と蘊蓄に関しては自信がある。なら、そちらから攻めればいいいんだ」

最初は弱弱しく、だが途中からは力強く言った有馬が、「おい、明日、篠山へ行くぞ」と宣言した。

「え？」

「原点に返る。俺の力の源はつくも神への愛だ。つまり直接、式部を見て、彼女のために和解するのだと自分に言い聞かせれば、突破口が見つかるかもしれん」

　お前も来いと言われた。

「俺ひとりでうろついてもいいが。平日の昼間に若い男がよそ者が少ない地域をうろつくと、不審者と通報されそうだ。お前がいれば課外授業だと言い訳もたつ」

「課外授業って遠足ですか？」

「ちょうど今は各校が、入学者募集の学校説明会を開いている季節だろう。陶工志願にしとけ。学生証も持参しろよ」

　教師と生徒の進路相談窯元見学を偽装するつもりらしい。

　保護者として学校をさぼれと言ってくるのはどうかと思ったが、有馬の目に光が戻っている。どうやら自分で自分をどん底まで叩き落として、底にぶつかった反動で上昇してきたらしい。なんというか、前向きな人だ。

　でも、そんなところが好きだ、と郁は思った。立ち直ってくれたのなら全力で協力しないと。

　そんなふうに感じるようになってしまったあたり、自分はこの破天荒な保護者にかなり毒されていると思う。

そして、そんな風に感じられる自分が嫌じゃない、と嬉しかった。


丹波篠山市は令和元年に篠山市から市名が変更された。

特産品は陶器や黒豆。秋になると陶器まつりや味まつりも開かれて、京阪神からの観光客で大いににぎわう。その時は臨時に城跡に近い川原を駐車場に開放してくれるので、来訪者にはとても便利だそうだ。アクセスも良くて、市外から車で行くならくねくねした道の三本峠《さんぼんとうげ》を越えればすぐ。美しい自然に囲まれた陶芸の郷《さと》だ。

郁は今日も今日とて出張用制服に身を包み、有馬の蘊蓄を聞きながら、焼き窯、式部のいる山の斜面へと向かう。初期の窯は、長さ十メートル、幅二メートルほどの溝を掘り、上から蓋をするという簡単な物だったらしい。が、山は水も出るし、地上に独立していないため熱が拡散し、焼くのに二十日もかかるという非効率な物だった。

それが江戸期に入って連房式窯が築かれ始める。第一号は慶長《けいちょう》年間に釜屋に築かれた。大量生産を目的とし、火を入れて十日ほどで陶器を焼きあげることができたらしい。

問題の窯を見る。

と言っても、式部に気づかれないように茂みに隠れながら、川の対岸からだ。

「なんだかストーカーみたいなんですけど」

「夢のないことを言うな。せめて探偵の張り込みと言え。誰かに見つかったら、バードウオッチング中ですと言うんだぞ」

そう言って、鳥の図鑑を渡された。小道具持参か。進路相談偽装はどうなった。

お前も見るか、と言われて、双眼鏡を受け取る。ここからだと真正面だ。細長いトタン屋根が邪魔をして焚き口の辺りしか見えないが、何だかくたびれて見える。

「あー、式部が疲れたっていうの、わかりますね」

「同調か？」

「この距離じゃ無理ですよ。そうじゃなくて……」

なぜそう感じたのだろうと考えて、郁は、ああ、と気がついた。

右へ少し下がってる気がするからですね、と有馬と位置を代わって双眼鏡を渡す。

「ここから見ると何か、傾いて見えません？　だから肩が落ちてるみたいに感じて」

ほら、あそこら辺です、と指さすと有馬が双眼鏡を覗き込む。しばらく顔をしかめながら見ているなと思ったら、彼が、はっとしたように肩を揺らした。それから窯だけでなく付近の尾根や川までをも、ぐるりと双眼鏡で調べ始める。そして、彼は言った。

「……でかした、郁」

「はい？」

「この地形、この地質。確か今田氏は『火入れをしてもうまく温度が上がらない』と言っていたな。直接見ないとわからないモノ、近すぎると気づかないモノ、だ。今から図書館、いや、市役所か。くそ、どこへ申請すれば資料がある。郁、スマホを貸してくれ、薫にメールを出したい、調べ物もだ」

器用に自分のスマホでメール、郁のスマホで検索と両手でふたつのスマホを操り、有馬はあちこちに連絡を取り始める。いったい何が始まったのか。通話の呼び出し音を聞く間にも市のホームページを開いて何か見ているので、横から覗き込んでみる。

(雨量記録？)

雨のせいで窯が傾いたと言いたいのだろうか。だが式部にはちゃんと屋根がついている。問いかけようにも、有馬はすぐページを閉じて、今度は懇意らしき地質学者にメールを打ち始めた。よくわからないが、何か突破口を見つけたらしい。

なら、そっとしておいた方がいい。

「じゃあ、私そろそろ帰っていいですか」

と、郁が言ったのは、偽装はもう用済みらしいのと、今から市街に向かうなら、制服姿の自分は目立つと思ったからだ。

それに郁は明日も答弁で学校を休む。出席日数のことを考えると、今からでも授業に出ておいた方がいいだろう。

――まさか、そのしごくまっとうな選択が裏目に出るとは、その時の郁にどうして予想できただろう。

有馬に最寄りの駅で降ろしてもらって、神戸まで戻る経路を調べようとして。

郁はスマホを有馬の車に忘れてきたことに気がついた。すでに車は走り去っている。しかたがないので、道行く人を避けながら駅に入り、路線図を探そうとした時だった。

いきなり、何か硬い物を首に押し当てられた。

ばちっと衝撃が走って、その痛みで郁は自分がスタンガンの餌食になったと知った。

他人の物のように崩れ落ちる自分の体。それを捕らえる腕を背に感じたのを最後に、郁は意識を手放した。

ああ、三田弁護士にも忠告されていたのに。

なぜ、有馬がGPS付きスマホを郁に持たせて、まめに連絡して来いと言うのか。薫さんが出張中の宿泊先に気を配るのか。最近、何事もなく過ぎていたから、油断して忘れていたのだ。

自分が、狙われる存在だということを――。

5

「郁がいない！」

出張中の薫のもとへ焦った有馬の声で連絡があったのは、その日の夜のことだった。

時計を見ると、午後七時だ。秋も深まった今はもう外も暗い。が、相手が高校生ならまだそこまで騒ぐ必要はない時刻だ。

だがそれはあくまで普通の高校生の場合。有馬家の被保護者の門限は午後の六時。そして郁は約束はきちんと守る子だ。

「まさか誘拐でもされたか。俺がまたつくも神に夢中になって目を離したから……！」

「落ち着いて、有馬。郁ちゃんのスマホは警備会社直結だよ」

薫は自分こそパニックを起こしそうになるところをなだめながら、有馬に言った。

「そっちからは連絡はなかったんでしょう？　なら、友達と夕食を食べるとかでどこかに寄っているだけかも。落ち着いて、もう一度、郁ちゃんに連絡を取ってみて」

「いや、だからスマホが俺の車にあるんだ！」

「え？」

「あいつをひとりで帰したのに定期連絡がない。今日はお前も家政婦の加代《かよ》さんもいないから気になって呼び出してみたら、助手席で音がして。見るとスマホが転がってて、急いで家に帰ってきたが誰もいなくて……、くそっ、俺があいつのスマホを借りたりしたから」

何かを殴りつける音がする。状況を理解して、薫が絶句した時だった。有馬の声の背後で、家の固定電話が呼び出し音を発しているのに気がついた。

「有馬、電話っ」

「わかってるっ」

スマホを持ったまま移動しているのだろう、がちゃがちゃと受話器を取る音がして、それから遠く声がした。

「郁くんはいるかね」

弁護士の三田伊織の声だ。まさか。薫が蒼白になった時、有馬が吠えた。

「お前が攫《さら》ったのか？　そこまでして勝ちたいか。言っとくが未成年者略取は犯罪だぞ」

「……その様子では不在のようだな。実はこんな物が事務所の端末に送られてきてね」

そう言いながら、三田弁護士が何やら操作する間が空く。

「先ほどの君の誹謗中傷、名誉棄損も甚だしい言いがかりだが、私は大人だ。事態が事態だし許してあげよう。この音声の様子、スピーカーフォンにしているのかね？　薫くんは不在か？　なら、薫くんにも送るから至急、対応してほしい」

そう伝えながら彼が転送してきたのは。

縛られ、ぐったりと目をつむっている郁の画像と、

【彼女は誰でしょう？】

と、絵文字のついたふざけたメール文章だった。

その頃、攫われた郁はぼんやりと夢を見ていた。過去の夢を。

祭の翌日、饅頭を買いに行って事故を起こし、入院してしまった祖父母のもとに駆けつけた時のことだ。歩行可能になるまで入院することになったと告げられて、命に別状がなかったことにほっとして。祖母のベッドの傍らに座っていた時のことだった。

「ごめんねえ。せっかく泊りに来てくれたのに」

これじゃあ、東京に帰るしかないね、と祖母がしょんぼりと肩を落とした。

「あの家に郁ひとりじゃ不安だし。夏中、一緒にいられると思ったのにねえ。満月堂の饅頭も六十個も買ったのに。郁、持って帰ってくれるかい？　全部食べていいから。事故で包みが皺になったから病院のかたに差し入れもできないしねえ。中は無事だけど」

「いや、あそこの饅頭好きだけど、さすがにひとりで六十個は」

冷凍しとくから退院したら食べてと話していると、担当の安藤《あんどう》医師が様子を見に来てくれた。「ほう、お孫さんですか」と話しているうちに、ふと、彼が郁の手に目を留めた。

「それをどこで」

言われて、郁は昨夜の指輪を付けっぱなしだったことを思い出した。

「夜店で買ったんですけど取れなくて。あとで外そうと思って、そのままでした」

「見せてくれないか」

勢い込んで言われて、手ごと差し出すと、安藤医師が指輪を丹念に調べ始めた。それから、素人なので絶対とは言えないが、と前置きして、「有馬宗徹の作品かもしれん。写真集で見たことがある」と言いだした。

「有、馬……？」

「知らないのか、有馬宗徹を。日本の明治時代を代表する細密造形作家だぞ！」

そんなすごい品だったのか。あのおじいさんは家にあった物を適当に持ってきたと言っていたが。

事情を話して、返却した方がいいでしょうかと言うと、安藤医師が、「いや、売買の過程がしっかりしているなら連絡の必要はないだろう」と、額の汗を拭きだした。

「それにしても信じられん、これは失われたと言われていた対の指輪の片方だと思う。まさかこんな見つかりかたをするとは。事実は小説よりも奇なりとは言うがまさに奇跡だ。彼は関西を拠点にしていたし、あり得なくはないかもしれないが」

物はガラスだからそこまで値段が高いわけじゃない。でも扱いには気をつけた方がいいよ、と言われた。

「宗徹のファンは多いからね。私でも気づいたくらいだから」

「そういえばこれを買った時、変な人に追いかけられました」

「わかる人にはわかるからなあ」

つけたままでは危ないかもしれない、と言われて外そうとするが、やはり外れない。看護師さんも総出で、石鹸やら病院の薬品やらを試してみたがびくともしない。

やがて安藤医師もあきらめた。

「嘘か本当か、宗徹の作品は持ち主を選ぶというよ。命が宿っているとか」

ファンタジックな解釈だ。だがこのままにはしておけない。

「何かで切ってまたくっつけるのって無理でしょうか」

言うと、大事な物なんだよ、と諭された。

「外しかたは私も考えてあげるから東京へ帰るのは少し待ちなさい。そんな変な男がいたのなら、なおさら用心した方がいい。マニアは何をするかわからないからね。とにかく、このことは誰にも言わないように。明日、もう一度、ここに来なさい。それまでは家でおとなしくしてるんだよ。帰る時も寄り道はしないで」

そして念のためと言って、医師は指輪が見えないようにと、指を包帯で隠してくれた。

その夜のことだった。郁が〝事件〟に巻き込まれたのは——。

＊　＊　＊

目が覚めると、そこは車の中だった。たぶん。

腕は後ろ手にガムテープらしき物で縛られ、後部シートの足元に押し込められていた。

上から毛布を掛けられているので、辺りを探るが何もわからない。ぼんやりとした闇と、毛布越しに聞こえるくぐもった風の音だけの世界がそこにはあった。何もわからないことがこれほど怖いとは。不安で胸がいっぱいになって、生まれたばかりのつくも神はこんな感じなのだろうか、と、思った。

「……ていうか。スタンガン押し当てられるの、この半年で三回目だよ、私」

おかげで自分が何をされたかはすぐにわかったが、ごく普通の家庭の出にしては、ハードな人生の気がする。

郁はふうと息を吐いた。もたげていた頭を、こてん、と床に落とす。

眼鏡を落とさなくて済んだし、今のところ命の危険はなさそうだ。が、頼りのスマホはないし、このお腹のすき具合では半日くらいは余裕で経っている。有馬はどうしただろう。答弁を有利に持っていける何かを見つけられただろうか。もう家には帰ったのか。

「きちんと水分と食事を取って、お風呂にも入ったかなあ……」

心配事を増やしてしまった。この指輪を大切に思う有馬が、郁の不在に心を乱されないわけがない。これで裁判に負けたらどうしよう。こんなことにならないように気をつけるのが、彼に保護された郁の最大の役割だったのに。

どうにかして逃げられないかともぞもぞしていると、誰かの声が近づいてきた。知らない声。男性だ。スライド式らしき車のドアが開く音がして、郁はあわてて身を縮める。

毛布の上から腕をつかまれた。強引に引きずり降ろされて、背中が砂利敷きらしき地面に落ちる。思わず、「うっ」とうめき声が出てしまった。

「なんだ、気がついてたのか」

「だったら自分で歩けよ」

声は複数だ。引きずり起こされ、毛布をかぶせられたまま歩かされる。

辿りついた部屋は暖かだった。やっと毛布を取られて辺りを見ることができる。ホテル、いや、コテージの一室か。木組みの吹き抜けになっていて、ベッドやテレビがある。

そして誘拐犯は三人。

意外だ。皆若いし、顔も隠していない。まだ大学生くらいだろうか。少し崩れた感じはするが身なりもいいし、夜の繁華街をうろつくお坊ちゃんといった感じだ。

てっきり指輪目当てのマニアか、三田弁護士の言う組織とやらの人間かと思ったのに。

だがこうなると、自分がなぜ攫われたのかさっぱりわからない。

「……あの、私の家、お金なんてないですよ」

金目当てじゃないだろうな、お金持ちそうだし、と思いつつも言ってみる。

「えっと、もしかして一緒にいた黒いスーツの男の人目当てですか？　確かに有馬は私よりお金持ちですけど、私の身内じゃないし……」

身代金とか要求するの、無理だと思う、と言うと、「何勘違いしてんの」と言われた。

「俺たちの狙いは三田伊織だよ。弁護士の」

「はい？」

そっちか！　思わず郁は胸の内で突っ込んだ。

確かに有馬とは違うベクトルで傍若無人な人ではあったが、彼らに何をした、三田弁護士。というか、なぜ、三田弁護士絡みで自分が攫われた。誤爆もいいところだ。

「あの、私、三田弁護士の身内でも何でもないですよ」

どちらかというと敵対している間柄で。だから解放してほしいと頼んでみたが、「そんなのわかってる」と言われてしまった。

「俺らだってあいつの女とか家族とか、直接関係ある奴、拉致《らち》りたかったさ」

「けど、奴の周りダチどころかプライベートで遊んでる奴すらゼロ。仕事以外で一緒にいたの、唯一、車で学校まで迎えに行ったお前だけだぜ？　信じられるか？」

……三田弁護士、お友達いないのか。思わず遠い目になる。有馬よりひどい。

一度、不満を出すと勢いづいて止まらなくなったのか、彼らが口々に三田弁護士への恨みつらみを話し始める。

「ノリで仏像に落書きしてネットに画像、流したらさ、特定されてさ」

「ま、こっち未成年だし？　親が弁護士手配して軽い器物損壊と不法侵入？　ってので済んだけど」

「あの弁護士野郎、寺と民事訴訟起こしやがってぼったくられたんだよ、損害賠償」

「で、親が怒ってカード差し止めて、何もできないじゃん？　むかついてあいつの周り探ったら、まさかのＪＫ様の登場でさ。こりゃ、報復といきますかって」

まさかの逆恨み。しかも流し的犯行だった。

有馬の過去絡みではなかったことを喜ぶべきか。拉致された時点で郁にとっては現在進行形で深刻な事態であるのは変わらないが。

「そもそもちょっと落書きしただけだろ。それを保存がどうとか、何が歴史遺産だよ」

「そんなゴミに金かけるの、税金の無駄じゃん。それより未来ある若人の俺たちに金よこせってのな」

「……最低」

少し前の郁なら、公衆道徳的に落書きには憤っても、歴史遺産に予算をかけることへの愚痴は、そこまで引っかからなかっただろう。特に興味のない分野だったから。

だが今はそれらに情熱をかける人たちのことを知っている。

それらの品に宿る想いも。

歴史遺産を引き継ぐことになる若人たちを守る予算は、確かに必要だろう。だが努力もせずに遊んでいる輩に割く金など、将来の納税者として郁は一円も出す気はない。補助金という物は、頑張って、あがいて、それでも絶望の中にいる人たちの希望の光となるべき物だ。こいつらにその資格があるとは思えない。

思わず、「最低」と、また犯人を刺激することを言って、郁は思い切り殴られていた。

「うるせえんだよ、人質のくせに」

「警察が助けてくれるとでも思ってんの？　言っとくけどこれ誘拐じゃないから」

ほら、と見せられたスマホ画像は、郁が気絶している間に撮られたのか、肩を組み合ってふざけているようにも見える物だった。ついでにとばかりに、三田弁護士に送ったというメールも見せられた。……これに三田弁護士はどういう反応をするだろう。

「合意のお出かけだろ？　警察も動かねえし？」

「文面もほらクイズ形式。どっこも脅しなんかないし」

「なのに勘違いしたあの弁護士が土下座画像とか送ってきても、俺ら知らねえし。許してやる気もねえし」

「ネット拡散して笑い物にしてやんよ。いや、社会的に抹殺か？」

「てことで、安心しろよ、命取ったりはしないから。ま、ちょっとは俺らと遊んでもらったりはするかもだけど」

「あ、言っとくけど、俺らの顔見たって騒ぐのもなしだかんね。口だけじゃ、証拠にならねえし。あの三田弁護士に誘導されたんだって俺ら主張するし。かえって名誉棄損で訴えられるだけだから」

「……最低の最低」

幼い。動機もそうだが行動が幼稚すぎる。これは彼らにとってゲームにすぎないのだ。だからここまで杜撰な仕業でも笑っていられる。今までもこんな遊びを何度も繰り返してきたのだろう。そしてそのたびに親がもみ消してきたのだろう。

彼らはこれが罪になるとは思っていない。ただの遊びだから。相手のことなど考えず、罪悪感も法を犯す恐怖もなく、簡単にやってのける。不幸中の幸いは三田弁護士とはこいつらが思うような関係ではないから、土下座画像は手に入らないことくらいか。

だが、それでも今の自分が危険な状態にあるのは確かで。

郁は脱出の機会がないかと耳を澄ませる。まず、ここはどこだ。街中ではないだろう。気がついてからずっと耳を澄ませているが、車の音も人の声も一切しない。山奥か？　なら、ここは貸別荘？　それともキャンプ場のコテージ？　少なくとも人里離れた山中らしい。偶然、誰かが通りかかって発見してくれるというのはなさそうだ。なら、ここから逃げられたとしても、電話のあるところまで行きつくことができるのか。

その時、こちらに近づいてくる車の音がした。

窓から覗いた馬鹿のひとりが、顔をしかめる。

「管理会社の車っぽい。誰か何か連絡したか？」

「あ。水道の開栓確認かも。それっぽい電話、そういやあった」

「ちっ、じゃあ、入ってくるかもじゃねえか。おい、そいつ黙らせとけ」

また殴られて、口にガムテープを張られた。戸口からは見えないようにベッドの向こうに転がされて、上からシーツをかけられる。叫びたい。だが口はふさがれている。そのうえ動けないようにふたりがかりで、シーツ越しに押さえつけられている。

それでもじたばたしていると、チャイムが鳴る音と扉の開く音がした。

そして、「くそっ」「うっ」と呻き声と乱闘の音。

誰かが争っている。そしてこちらに駆け寄る足音、郁を抱き起こすシーツ越しの感触。

「郁っ」

シーツをはがされ、顔を確かめられ、抱きしめられた。

この声、それにこの腕の感触。知っている。三田弁護士じゃない。

「無事か!?」

有馬だ。心配そうな、たった半日でげっそりとやつれた顔。

ああ、また助けに来てくれた。二回目だ。初めて彼に会った夏の夜。あの時もこうして彼は郁を助け出し、腕に抱いてくれたのだった――。

＊　＊　＊

祖父母が入院した病院から、暗い、誰もいない家に戻ると、すごく広く感じた。

事故のことはメールで父にも伝えたが、特に折り返しの返信はない。入院手続きはできる範囲で郁がやったし、こちらに連絡の必要はないと言えばないのだが。病院へ直接、電話したのだろうか。取り残されたような頼りない感覚がした。そして弱気になると、茅耶ならどうしただろうと、いつもの考えがこみあげてくる。

怪我をした祖父母を前にして、病院でも泣いただろうか。そばについてる、帰らないと駄々をこねただろうか。それで看護師さんたちにも優しい孫娘さんねと言われて、祖父母も目尻を細めて喜んで、愛されて……。

ため息をついて、妄想を振り払う。

電灯のスイッチを押し、持ち帰った饅頭を冷凍庫に入れようとした時、音がした。

この家の勝手口は直接、物置の中へと繋がっている。

物置は勝手口の外とガレージを丸ごとトタンで覆ったタイプで、農作物や軽トラック、簡単な農機具が入っている。広さはあるが、庭への出入り口のシャッターを下ろせば屋内の雰囲気になるからか、母屋と繋がる勝手口の鍵をかけ忘れることが多い。

そういえば祖父母はシャッターの鍵はかけて出かけたのか。事故を起こした軽トラックは現場から直接、修理工場に運んだし、郁も急いでいたから、確かめていなかった。

郁が突っ掛けを履き、様子を見ようと土間の暗がりに足を踏み出した、その時だった。

「動くな」

くぐもった声がして、背中に何かを押しつけられた。

ちりっと肌が縮むような熱と痛み。

「あ……」

まさか刃物？　刺された？

郁はとっさに飛び退《すさ》っていた。腕を振り回す。だが遅かった。体がしびれる。足がもつれて、走って逃げたいのに転んでしまう。頬に土間の砂が食い込んで、声も出ない。

「ちっ、出力が弱すぎたか」

くぐもった声がして、また、びりっと痛みが背中に走る。

今度こそ体がしびれて動かなくなって、すとんと垂直に体が落ちる。自分の状態がわからずに郁がパニックを起こしていると、背中に大きな誰かがのしかかってきた。

（もしかして、あの夜店で会った不審者!?）

恐怖のあまり、郁は必死に目を動かした。郁が腕を振り回した時にあたったのか、ずれたマスクと帽子の狭間から、のしかかる男の顔がはっきりと見えた。勝手口からの明かりに照らされた、穏かな年配の男の顔。だがその眼はぎらぎらとしていて……。

祖父母の主治医、安藤医師だ。思わず、声が漏れた。

「嘘……」

ひとりになった郁を心配して、親身に、指輪を外そうとまでしてくれた人なのに。

だが同時に郁は納得していた。だって彼が言ったのだ。

『マニアは何をするかわからない』と。

（馬鹿だ、私……）

この人ならカルテを見れば住所はすぐにわかるし、家の間取りだって世間話の形で祖父母に聞くことができる。何より郁が今夜はひとりだと話してしまった。

白衣を着ているから。祖父母の主治医だから。安心して、一切、警戒しなかった。

舌打ちしてマスクを直した安藤医師が、郁の左手を捻じり上げる。強引に手を開かせ指輪を抜き取ろうとする。容赦のない力に涙が出た。

「痛っ」

「やはり無理か。……指輪があるのは中節骨。傷つけずに取れそうだな」

懐から太短い刃のナイフを出されて、ぞっとした。

相手は整形外科医だ。指を切り取るなど造作ない。そもそも顔を見られた以上、この男が自分を生かしておくかどうか。

一気に喉が干上がった。かすれた悲鳴を上げて、郁は暴れた。

「嫌っ、だ、誰か助けてっ」

「もう動けるのか。おい、暴れるな、指輪に傷がついたらどうしてくれるっ」

声を上げるところを押さえ込まれ、ガムテープで口をふさがれかけたところで。

有馬が、来てくれたのだった——。

＊　＊　＊

「郁、痛いところはないか、何をされた」

言いつつ有馬が必死に郁の体をさする。

なぜか犬猿の仲の三田弁護士も後ろにいる。彼の片頬が腫れているのは何があったのか。とりあえずふたりは共闘関係を結んだようだ。三田弁護士が、驚いた顔をしている不動産会社の人や警察官に、てきぱきと三人組の確保や現場保存の要請をしている。

おかげで有馬は郁にかかりきりになっても大丈夫らしい。怪我がないかを確かめて、殴られた頬には顔をしかめながら濡れタオルをあててくれて。ここに駆けつけたいきさつを話してくれた。

「こいつら、これでも未成年でな。前の事件以来、伊織の奴が親に進言して、監督のためにこっそりこいつらのスマホにGPS追跡機能を仕込んでいたそうだ」

で、三田弁護士があのアホなメールからもしやと身元を割り出し、位置情報を渡すよう、親を説得。ここへ駆けつけたそうだ。そしてこのコテージを管理する不動産会社のオーナーは偶然だがつくも神の所有者で、昔、有馬に世話になったことがあるとか。それで快く社員と警察が立ち会うならという条件付きで、敷地内の立ち入り許可とコテージのマスターキーを貸してくれたらしい。

腕を拘束していたテープも解かれて口も自由にしてもらって。開口一番に郁は言った。

「答弁の準備は!?」

「まだだ。まあ、開始まであと、五、六時間ほどある。何とかなるだろう」

郁は息をのんだ。微妙な時間だ。ここを特定するまでにあちこち走り回ってくれたのだろう。有馬はボロボロだし、ここがどこかはわからないが間に合うのか？

「どうして」

攫われた身で大きな顔はできないが、郁は言っていた。

「どうして有馬さんが。私のことなら警察なり警備会社なりに任せておけば……！」

「集中できん」

有馬が言った。

「他人任せでは落ち着かない。無事な姿を見るまでは何もできない。だから効率を考えてこっちに来た。ついでに巻き込んだ責任があるからこいつも連れてきた。一発、殴っていいぞ。お前にはその権利がある」

言って、有馬が三田弁護士を顎で指す。体中の力が抜けた。何も言えない。殺し文句だと思う。その時、彼の肩越しに、開いたコテージの扉から朝日が見えて。

眩い光に、心が軽くなった気がした。

闇の彼方に光が見える、そう感じるのはどんな時だろう。

それがどんなに小さくとも、光は光だ。それが遠くとも、いくら手を伸ばしても届かない高みにあろうとも。光さえあればそちらに顔を向けられる。希望を持てる。

ああ、そうだ。あの時も彼はこうして郁に光を見せてくれたのだった――。


あの夜、祖父母宅に踏み込んできてくれた有馬は、医者を殴り倒して縛りあげながら、郁に向かって、「無事か」と言ったのだ。

「な、どうしてここ、住所……」

「あの夜店の老人とはご近所さんだそうだな。この家の孫だと聞いて昼にも来たが留守だった。夜なら在宅かと思ったが、来てよかった」

吊り橋効果だろうか。前に見た時は怪しい人としか思えなかったのに、今は名前も知らないこの人が頼もしく見えてしょうがない。だからだろうか。彼が取り出したスマホで警察に通報したあと、立てるか、と、抱き上げてくれた時も郁は抵抗しなかった。

屋内に運ばれ、椅子に座らせてコップに水を入れて飲ませてくれた。軽い火ぶくれのようになっているスタンガンの痕にも冷やしたタオルをあててくれる。

「……服の上からだし、特に改造もしていない機種だったようだな。だが念のため、明日、病院に行くといい」

一通りの手当てが済むと、することがない。彼が、「警察が来たか見てくる」と立ち上がりかけて。赤の他人の彼にこれ以上、郁につきそう義務はないことに気がついて。

郁は怖くなった。

もし警官が来たら彼は帰ってしまうのだろうか。嫌だ。こんな誰もいない家で加害者とふたりにしないで。

今思うと必死だったのだろう。食卓におかれた饅頭に気づいて、郁は言っていた。

「あのっ、お礼と言ってはなんですが、饅頭、食べていきませんか」

彼を引き留めたい一心だった。それがどれだけ場違いな言葉かなんて考えている余裕もなかった。ようやく動くようになった手で彼の腕を取り、必死に言った。

「満月堂の饅頭、甘さ控えめですぐ食べれちゃうんです。あの、お茶も入れますからっ」

「……いただこう」

夜中に、初対面ではないが知らない男とお茶をする。足元にはガムテープで縛った強盗。変な気分だ。やがて警察が来て、安藤医師を連行してくれた。郁と有馬にも簡単な事情聴取をして、また明日、改めて署まで来てもらえますかと言って帰っていった。

家の中が再び、しんっと静かになって。これ以上、彼を引き留める理由がなくなって。

どうしようと思った時、有馬がぽつりと言ったのだ。郁の指輪を見ながら。

「よほど波長が合ったんだな」

「え」

「それは俺の曽祖父が作った対の指輪だ」

そう言って、彼は胸ポケットから出した袋を開けて、光る物を見せてくれた。

郁の指にはまった物の片割れだと、一目でわかる指輪だった。そして彼は由来を話してくれた。このふたつは結ばれることのなかった恋人たちのために作られた指輪で、せめて残された指輪だけでも一緒にしてやりたくて、彼は探していたのだと。

「そ、それを先に言ってくださいよ」

そういう理由なら譲るのに。急いで渡そうとして、取れないことを思い出す。それでも必死にガタガタやっていると有馬が、「わ、馬鹿、乱暴に扱うなっ。無理に取らなくていい」と言った。そして指輪を調べてから、この指輪がつくも神化しかけていることを告げた。眉をひそめつつ、保護法のことも教えてくれた。

そんな話、ファンタジーが苦手な郁には信じられなかった。だが、有馬がちょうど修復が終わって届ける途中だったと、つくも神化した香炉を見せてくれて。実際に動いて話す相手を見ると認めざるを得なくなって。そのうえで有馬が言ったのだ。

「その指輪はまだこのレベルに達していない、なりかけ、だ。そしてそいつは今、完全体になるため、お前の精気を吸っている。もちろん命に別状のあるレベルではないが、できればそのまま外さないでいてほしい」

と、彼は言った。外せば指輪に宿った命が、死んでしまうからと。

「え、でも」

そんな、無理だ。郁は言った。

「私、夏休みが終わったら、海外に行かなきゃいけなくて」

国内から出られないとなれば、自分はどうすればいい。叔母宅には茅耶がいるし、今の家は八月末で引き払う予定になっている。保護管理の義務どころか住む家すらない。

「そこは文化庁に相談に乗ってもらえると思うが、何しろ初めてのケースだしな」

補助金が出るだろうと言われたが、防犯上、そこらの安アパートには住めないだろう。

困っていると、

「一緒に来るか？」

と彼は言った。

「もともとそれはうちの指輪だ。面倒に巻き込んだ責任がある」

親権者が日本を離れるというなら、法的に俺が保護者になってもいい、と彼は言った。

これは対等な契約だ、と。

「その指輪が無事つくも神となるまで持っていてほしい。その分、不自由をかけるが、その対価は必ず払う」

指輪を守るため、何らかの制限をかけるかもしれないが、それ以上の不自由はさせない。お前の精気がくもることは俺も望まない。健康にも気を配るし、学校にも行けるよう手配する、と彼は言った。その代わり、指輪の宿主になってほしい、と。

指輪を持つことで生じるであろうメリットとデメリットの双方を彼は正直に話してくれた。そのうえで彼は言ったのだ。「指輪ごと、俺が必ず守るから」と。

「幸い俺の家は仕事柄、防犯設備は整っている。お前ひとり増えても問題ない」

それは彼の家に居候していい、ということだった。この家にひとりでいたくない、日本に残りたい郁には渡りに船だ。だが信じてもいいのか？　さっき信頼していた安藤医師にあんなことをされたばかりだ。それでも。

「……よろしく、お願いします」

郁は言っていた。居候代のあてはない。だが今の郁では指輪を守りつつここに住むのは無理だ。そこらの変質者とはわけが違う。本気で人を殺してでも指輪が欲しいという連中がまた来るかもしれないのだ。

あんなインドア派っぽい年配の医者相手でも郁はたちうちできなかった。そしてこの家の戸締りは鍵を付け替えたくらいでは追いつかないほど開けっぴろげだ。祖父母にも迷惑をかけるし、何よりこれ以上、一分でも一秒でも、この暗くて広い家にひとりでいるのは怖かった。

「……お願いして、いいですか。下宿代、大人になったら働いて、絶対に返しますから」

それから、有馬だけでなく薫さんや綾音さんが父母に連絡を取ってくれて。文化庁を相手にいろいろと骨を折ってくれた。ありがたいと思う。だがそれ以上に郁が感謝しているのは、あの時の有馬だ。

甘い物が苦手なのに、つきあいで饅頭を三十個も食べてくれたあの時の有馬は、かなり我慢強かったと思う——。

——そこまでを思い出して、郁は思った。

(抵抗、できるわけないじゃない……)

普段、残念な変態なのに。いざという時はこんなにもかっこよくて頼もしい。まっすぐにこちらを見てくれる目が心地よくて。

　今まで会ってきたつくも神たちも、有馬を前にするときっとこんな気持ちになったのだろう。だから心を開いた。彼を信じた。彼なら昏《くら》いどん底のような〝今〟を何とかしてくれるような気がして。

　それからの時間はあっという間だった。郁の殴られた痕を見て、改めて三人組に報復を加えようとする有馬を、三田弁護士とふたりがかりで止めて。「彼らは私が責任をもって社会的に抹殺しよう」と薄く笑う三田弁護士に恐怖を覚えて。そうこうするうちに現場検証の刑事もやって来た。念のためと郁も病院に連れていかれて、そこで簡単な事情聴取を済ませるともうすっかり夜も明けきって、人々が活動する時刻になっていた。

　今日は裁判がある。担当の刑事さんは警察署でもっと詳しい話を聞きたそうにしていたが、そこは答弁があるのでと抜けさせてもらう。

「行くぞ。一度、家に連れ帰ってやりたいが、時間が惜しい。直行する」

「はい」

　当たり前のように返事する。つい数時間前まで監禁されていたのに、不思議とふるえはおさまっていた。だって、自分は有馬の助手だ。そしてこの先には囚われていた時の自分と同じく、届かない声を振り絞りながら、助けを待つ、つくも神がいる。

それに応えなくてどうする！

いつもどおり有馬の車に乗り込んで、郁は、ふと、彼の車の助手席が嫌いじゃないのは、有馬と目線の高さがほぼ同じになるからかもと思った。いつもなら背が高くて見上げなくてはならない彼の横顔が、今どんな表情を浮かべているか見ることができるから。

彼は焦った表情をしていた。真剣な目で前を見つめている。

「これ以上、答弁を延ばしたくない。時間がないんだ。早く決着をつけないと」

「何かわかったんですか」

ああ、と答える彼の顔は、なぜだろう。とても暗かった。

「もう始まってます？」

「大丈夫だ。伊織の奴も警察署を出たのは俺たちの少し前だったしな。俺たちが遅刻なら、あいつも遅刻だ。審判が下っていることはないだろう」

温かな目で見つめられた。くすぐったい。だが同時に引っかかる。彼のこの口調。有馬は苦い思いを抱えているらしいが、それでも勝利を確信している。あの状況でどうしてここまで自信が持てるのか。

駆け込んだ部屋ではすでに関係者が着席していた。三田弁護士もだ。急いで空いていた席に滑り込む。双方の弁護人が遅刻という珍事に裁判官はいい顔をしなかったが、謝り倒して弁論を開始してもらう。

三田弁護士がさっそく先手を取って朗々たる声で式部の権利を訴える。

だが郁は気になって集中できない。

（どうして？　どうして有馬は何も言わないの？）

隣に座る有馬を見る。彼は一言も発言しない。今田氏にすべてを任せて黙っている。何か突破口を見つけたのではなかったのか。

「有馬さん、何か言ってくださいよ、このままだと負けちゃいますよ？」

「……無意味なんだよ、この法廷自体が」

たまりかねて彼の肩を揺すった時だった。有馬が低い声で言った。

「む、無意味？」

「ああ、そうだ。とんだ茶番だ。この訴訟、どう転んでも勝者はいない」

皆に聞こえるように言って、有馬が立ち上がる。そしてゆっくりと式部の前へ行く。

「そうだろう、式部。お前は勝ちなんか望んでいない。いや、勝ってもしかたがないんだ。自由になれたところで、先などないのだから」

はっとしたように式部が有馬を見る。そしてその口をふさごうとするように腕を伸ばす。だがその手が届く前に、有馬は言った。

「だって、お前はもう寿命を迎えているんだから」

しんっと法廷が静まり返った。誰も何も言わない。つくも神について詳しいことを知らない裁判官や書記官はともかく、あの三田弁護士でさえ忌々しそうな顔こそしているが、口を挟まない。だからこそ郁はわかってしまった。有馬の言葉が真実だと。

寿命？　つくも神が？

いや、あり得ることなのだ。四国で会った絡繰り人形の助五郎はどうだった？　いずれ残して逝くことになる主の妙子さんを心配していたではないか。

つくも神は死ぬ。

宿る器物が劣化に耐えられなくなった時に。それはどうすることもできない運命だ。

現地に出かけ、調べた、と、有馬が言う。

「篠山にはまだ何十と窯が残り、稼働しているので現実味は薄いかもしれないが。今回の場合、窯自体の強度に問題があるのではなく、地盤のずれにより、地下水脈の位置が変わったのが原因だ。地中のこととて、はっきり画像でここに示すことはできないが」

そして世界中の例を説明する。歴史的建造物の地盤沈下問題はピサの斜塔が有名だ。建設途中で発覚、今さら取りやめにできず完成させたが、今現在も傾きつつある。

そして式部の築かれた土地の形態は谷底低地。地震の揺れなどは比較的少ない地域で、土壌の組成は砂礫《されき》や粘性土、泥炭質土からなる。

この組成の場合、非常にまれなことだが水脈と地震の揺れが共振を起こし、ごくごく狭い範囲だが地中で液状化現象が起こることがあるらしい。そのまれなことが起こったというのだ。まずいことにちょうど式部の真下で。

「まだ変化は地中でしか起こっていない。が、やがて地表にも裂け目が出てくるだろう」

「……本当、なのか」

最初に口を開いたのは今田氏だった。

顔は蒼白だ。よろめきながら立ち上がると、式部の前へと近づく。だが式部は口を開くことはできない。ただただ黒い大きな目で今田氏を見上げる。見かねたのだろうか、

「……やめてください、今田さん」

三田弁護士がため息をつきつつ言った。そして式部に向かって問いかける。

「許可を、もらえるかね？」

わずかなためらいのあと、式部がうなずく。それにうなずき返して、三田弁護士が今田氏の前に立った。

「……依頼人の希望が、口外しないでほしいとのことだったので、黙っていたが。そちらの有馬氏の言うとおりだ。彼女はもうこれ以上の使用はおろか、存在維持すらままならない。こうして仮の姿を結ぶのもつらい状態だ。だからこそ、朽ちる姿を誰にも見られることなく、静かに生を終えたいと私に訴えた。それが彼女の本当の望みだ」

そんな馬鹿な、とすがろうとした今田氏を、「甘ったれないでください」と三田弁護士が突き放す。

「彼女がなぜ、こんな訴えを起こしたかわかりますか。あなたは作品をつくる時に彼女以外の窯は使わなかった。彼女がいないと作品はつくれないとまで公言した」

それはある意味、式部に対する信頼だろう。だが違った方向から見れば、式部に対する依存でしかない。

「繊細と言えば聞こえはいいが、気弱なあなたは、ここで式部君の寿命を知れば衝撃を受け士に触れることすらやめてしまうかもしれない。式部君にとってそれは一番の問題だった。彼女はあなたのつくる器が好きだから」

だから壊れる前に自分から巣立ってほしかった。大切だから。自分がいなくなったあとも未来を紡いでいってほしかった。

声にならない悲鳴が上がった。それは誰の物だったのだろう。

「何とかならないんですか、有馬さん」

「経年劣化だけならともかく、今回は土地絡みだ。俺だって止められない」

土壌改良するにしても一度、窯を動かさなくてはならないのだ。

「移築すればあるいは。技術も年々上がっている。だが……万能ではない」

悔しげな顔。山の斜面に沿って作られた窯だ。古民家を曳くようなわけにはいかない。一度、分解し、組み直すことになるだろう。元の形は復元できるかもしれない。場所が変わることで生じる窯内部の温度差、対流の変化も使ううちに把握できてくるかもしれない。だが。

「今ある窯をばらした時点で、寿命を待つことなく、彼女は死ぬ」

形をとどめるだけなら、方法がないわけでもないが、と有馬が苦く言う。

「遺跡を保護する時のように、建物の周囲に杭を打ち、コンクリートを流して固定、風雨をしのぐ建屋をたてて保護する、それならば移転させずとももつかもしれないが」

「なら、早くそうして」

「だがそれをすれば、今度は窯としての彼女の命は終わる」

建物の中に保護された窯を前と同じには使えない。博物館の展示品のように、形をとどめているだけで、それはもう使用物としての命はないのと同じ。貴重な動物だから、さっさと剝製にして保管しろと言うのと同じなのだ。

郁は唇を嚙んだ。自分の無力さが悔しくて悔しくてたまらない。

想いのこもった建物、器物。それらが消えるのを惜しいと思う人の心が修復技術を生んだ。だがそれすら手の届かない領域は、神ならざる人の身でどうすればいい。

(修復技術のレベルは、年々上がっているはずなのに)

目の前にいる小さな命ひとつ救えない。

郁は思った。

つくも神が日本国内にしか発現しないのは、八百万の神に通じる精霊崇拝の心があるからだけではない。限られた資源しかない狭い島国で生きる民が持つ、物を惜しむ心。それが凝縮し、つくも神という不思議で優しい神の形に結晶したからではないかと。

さらさらと風が吹けば消えてなくなる砂絵のように。

いずれ儚くなる紙や木に絵を描き、物を形作る日本の民。消えていく物と知りながら心血を込めて筆を振るい、鑿《のみ》を打ち下ろした。

限りある、脆い人の身だからこそ、永遠に憧れ、その存在を信じた。

そして託したのではないか。己の生を。

私を、忘れないで。


消えたくないから。大切な物にあふれたこの世にいつまでも存在し続けたいから。いずれは朽ちるこの身だけど、せめて心だけでも、魂と記憶だけでも残ってほしい。

それは祈り。それは願い。

今田氏は何も言わないままだ。

皆、黙ったままふたりの行く末を見守っている。それしかできない。

悲し気に式部が目を伏せる。そして三田弁護士を促して退室しようとした、その時だった。

「待ってくれ！」

今田氏が動いた。

式部の小さな体の前に身を投げ出して、訴える。どこへも行かないでくれ、と。

「頑張るから。君がいないと器は焼けないなんて言わないから」

だから僕を見ていてほしい、と彼はぎこちなく言った。

「作って見せるから。他の窯でも、君と作ったような器を。だから、その代わり……」

ずっとそばにいさせてくれ、最期の時まで、と彼は言った。

「もう頼らない。だが最期の時まで、君と一緒に」

それが僕の望みだと、式部に許しを乞うように手を伸べる。式部の表情は変わらない。だがその頬を透明な涙の粒が転がり落ちる。今田氏の上に降り落ちる。

裁判官が静かに立ち上がって、ふたりだけで話し合う時間をつくれるよう、他の皆に退室を促した。皆、黙って従い、廊下で結果が出るのを待つ。

やがて。

輝く午後の日差しの中、部屋から出てきた今田氏は、しっかりと、もう動くことすらままならなくなった式部をその腕に抱いていた。

……裁判は、和解になった。

・・・ 終話 ・・・

あなたと迎える聖なる夜

Kokikyubutsu
hozonkata
Tsukumogami
syusyuroku

ちらほらと白い雪が空を舞う日が増え始めた十二月。

街はすっかりクリスマスモードだ。郁は白くなった息を、イルミネーションで飾られた樹上へと吐き出した。

神戸の街は異人館など煉瓦や破風板づくりの洋風の家が多いうえ、大きな西洋カエデや針葉樹も植えてあり、冬はとても雰囲気がある。街を行きかう家族連れや恋人たちの表情も幸せそうで、この国の聖夜は民のリア充度が試される、試練の季節だなと思う。

親とは別居、共に過ごす友や恋人もいない郁は、当然、最下層民だ。

共に暮らす同居人たちが見目良く適齢期男性である以上、郁はクリスマスイブを防犯体制のととのったこの家で、孤独に過ごすものと覚悟していた。が、数日前のこと。納期が押したと、不眠不休でアトリエに籠っていた有馬がリビングまで出てきて「あー、その、なんだ」と、咳払いをしながら言ったのだ。

「もうすぐクリスマスだが。郁、その、祖父母殿はまだ病院だろう？　昼は面会に行くとして、お前、夜は予定入ってるか？」

もちろん郁に予定などない。それどころか茅耶と父母がペルーでクリスマス会をしている中、仲間外れのぼっち状態だ。だがそれを素直に言うのもためらわれる。

「あ、もしかして有馬さんも薫さんもデートですか？　なら、夕食は適当に何か作って食べるので気にしなくていいですよ。ゆっくりしてきてください」

一応、居候として気を遣ってみると、「馬鹿」と、有馬に頭にぽんと手をのせられた。

「お前な。クリスマスの夜をひとりで過ごす気か。世間が浮かれている時こそ防犯上、危ないんだぞ。それに日本ではクリスマスは子供は保護者と過ごすものだろう？」

それはここにいろ、一緒に過ごしてやる、という有馬の意思表示だ。

郁は一瞬、ぽかんと目を見開いて、それから固まった。何を言ってもらえたのか、とっさに理解できなくて、言葉に詰まる。

「じゃあ、大きめのケーキ、予約しなきゃね。毎年、ケーキ食べるの僕くらいだったから楽しみ。僕たちこの歳になるともう親とパーティーなんかしないから。ついでに僕も有馬も彼女はいないし、毎年、内輪でにぎやかにやってるんだよ」

と、薫さんもくすくす笑いながら言ってくれて、やっと実感がわいてきた。この家で開かれるパーティーに混ぜてもらえることになった事実が、郁の胸に染みていく。

正直を言うと、寂しい以前にこの半年の間に二度も拉致被害にあった郁は、ひとりの夜が怖かった。なので涙が出るほどほっとした。大人ふたりの気遣いがありがたくてたまらない。

ちなみに、忙しくて、と最近こちらへのお泊りのない綾音さんからは、

「絶対、有給休暇もぎとって早めの年末休みにくっつけてクリスマスパーティーには出るから。肉とワイン、とっといてよね！」

と、クリスマスカードが送られてきた。モテそうな綾音さんに聖夜を過ごす人がいないのは意外だったが、あの仕事ぶりを見ているとしかたがないのかなと思う。

そんなこんなで、パーティー出席者で唯一の未成年である郁は、大人たちにたっぷりと優遇されることになった。クリスマスケーキを選ぶ権利を与えられて、嬉しい悲鳴を上げる。ただでさえ神戸の街は有名どころの洋菓子店が多いのだ。目移りしてしまう。

最終的に、郁が予約したのが六甲山ホテルのホールケーキだ。

神戸のケーキはどこの店の物もおいしくて、ひとつには絞れない。ならいっそのこと、冬景色が雰囲気のいい六甲山をドライブして買いに行ける店にして、クリスマスムードを盛り上げたらどうかな、という薫さんチョイスだ。

そうしてクリスマスイブの今日、有馬の運転でやってきた六甲山ホテルは、大きな針葉樹が車道脇にそびえる、クラシカルなアルプスの山荘めいた建物だった。

古塚正治《ふるづかまさはる》設計による開業当時から現存する本館は、二〇〇七年に国の近代化産業遺産指定を受けていて、現在もカフェギャラリーとして市民に開放されている。街のいたるところに気軽に行ける文化財があるところが、神戸の街のすごいところだと思う。

そんなホテルで注文したケーキは二個。ひとつは郁の祖父母のもとに届けるようにと言われた。有馬からのクリスマスプレゼントだ。有馬も一緒に行ってくれるというので、帰りに病院に寄ってみた。ふたりとも元気で安心した。

談話室でしばらく過ごして帰る時、有馬が、「祖父母殿に話がしたい。廊下で待っていてくれ」と言った。誘拐事件の後遺症か、「ここなら携帯可だ。スマホは手に持って、いつでも警察へのリダイヤルボタンを押せるようにして、周囲に警戒を怠るなよ。何かあったら叫べ。いいな？」と、くどいくらいに念を押された。言い返せないのがつらい。

壁にもたれてしばらく待っていると、扉が開いて、有馬が出てきた。なぜか目頭を押さえた祖父母も一緒で、「くれぐれもお願いします」と有馬に頭を下げている。

気になったので、いつもの助手席に乗り込んだ時に聞いてみた。

「うちのおじいさんたちに何の用だったんですか。もしかして……居候のことで何か？」

「あとで話す」

何だろう。祖母は別れ際に、「ここに来た時はあんなに痩せてたのに。郁が幸せそうでよかった」としみじみ言っていたから、悪いことではないと思うのだけど。

六甲山を貫くトンネルに入って、有馬の家へと向かう。そこで有馬が口を開いた。

「篠山の登り窯、式部のことだが。昨日、ちょっと覗いてきた」

式部とは、先月、所有者の変更を願って訴訟を起こしたつくも神のことだ。最終的に和解となったが、所有者の今田氏は、式部に代わる新しい窯を築くための候補地を探している最中だ。式部が寿命を迎えたら、その地に彼女の煉瓦を運び復元すると彼は言っている。式部の復活に賭けているらしい。

『……つくも神は百年経てば発現するのですよね。研鑽を積みます。百年、努力します。私の代では駄目でも、いつかは』

つくも神が生まれるには奇跡のような偶然がいる。百年を経ても発現するかはわからない。生まれたとしても式部とは別の神だ。それでも今田氏はそう言っているらしい。

「求めずにはいられない、それが人なんだろうな」

ひとり言のように有馬が言った。

「地表のひびが進行していた。春まで……もたないかもしれない」

式部はもうアバターもうっすらとした物しか出せなくなっているらしい。

それでも自分が体内で焼き、残した器が愛されている、そんな話を有馬がすると嬉しそうな目をするそうだ。なので今田氏との時間を邪魔しない程度に、式部の窯から出た作品を探して、その画像と今の持ち主との挿話を式部に届けているそうだ。

「今田氏は最期まで式部のそばにいるそうだ。窯の近くに簡易の小屋を建てて、最近はそこで寝起きしている」

別れがつらくなるから会わないという選択肢もある。が、それをすればきっと後悔する。今田氏はそう考えたのだろう。

お前も顔を出してみるか、と言われて、郁はうなずく。

「有馬さん、私が学校に行っている間にそんなことしてたんですね」

「そうだ、頑張ってるんだぞ、大人は。わかったらちょっとは労われ」

冗談めかして言われたが、つくも神を愛する有馬だって、今田氏に劣らず、弱っていく式部を見るのはつらいはずだ。なのに篠山まで通っている。

ちょうどトンネルを抜けて、赤信号になった。

車が停車した隙に、郁は腕を伸ばすと、よしよし、と有馬の頭を撫でた。とたんに有馬がシートベルトをつけたまま、ずざっと音を立てて身を引いた。

「……まさか本当にやるとは思わなかった」

「労われって言ったの、有馬さんじゃないですか」

何でやねん。

有馬が、はあ、とため息をついて青信号に合わせて車を発進させる。家に向かって交差点を左折する。

「あのな。お前ひとりで出歩かせるのは危ないから、なるべく俺がガードしているが。俺とお前は本来、他人だ。しかも歳が離れている。援助交際や不純異性交遊だと通報でもされたらどうする。親御さんから預かる大事な被保護者に補導歴がつくだろうが」

「頭を撫でただけで不純異性交遊って何ですか」

法的にもしっかり保護者と被保護者なのだから、今は一緒にいてもおかしくないのに、相変わらず妙なところで保護者意識を出す人だ。ずいぶん慣れてきた関西弁でもう一度、何でやねーん、と突っ込みを入れて、玄関前に到着した車から降りる。

出迎えてくれるのは、今の郁の家でもある、有馬の家。

雪降る冬は大きな針葉樹に囲まれた洋風の家はわくわくする。窓の向こうからトナカイやサンタクロースがひょいと出てきそうだ。ケーキの箱を抱えて台所に直行すると、いい匂いが立ち込めていた。エプロン姿の薫さんがパーティー料理を並べている。

「おかえり、ありがとう……って、郁ちゃん、制服で行ったの？」

「クリスマス時期のホテルに普段着で行ったら、悪目立ちするかなって思って。これだと万能礼服だしってわざわざ着替えて行ったんですけどね」

ロビーで目立ってしまった。だがあんなところに行ける服など持っていない。そういう華やかなことは茅耶の担当だったから。だが最近は美にかける人々の想いに触れて、心の在りかたが変化してきているのも確かで。今日の郁は少しだけお洒落して、髪にピンをつけている。それを見て薫さんが、似合ってるよ、と目尻を下げてくれた。

「せっかくだし、その髪飾りに合わせたパーティードレスにするんだったな、クリスマスプレゼント」

「そんな、いいですよ、薫さん。そのうちバイト代貯めて自分で好きなの買いますから」

高価な物をもらっては、お返しが大変だ。急いで断ると、爽やかなのに嫌味に聞こえるという、摩訶不思議な声が背後から聞こえてきた。

「そこは、そういう物は彼氏に贈ってもらうので、と言うのがモテる女子の断りかただろう。……と。失敬、君にそんな相手はいなかったな」

「……三田弁護士さんがどうしてここにいるんですか」

「用があるので寄っただけだ。済めばすぐお暇《いとま》する」

郁がふり返ると、そこには、いかにもなタキシード姿の三田弁護士がいた。しかも気障な眼鏡の奥にあるのは、かわいそうな子を見る、露骨な憐れみ目線だ。

「君とは知らない仲でもない。異性を紹介するのはやぶさかではないが、その前に君はもう少し女子力とやらを磨きたまえ。哀しいかな男という生き物は、異性をまず外見で判断する。今のままでは紹介しても百パーセントふられるぞ」

「あの、もう少しオブラートに包んでもらえないでしょうか。心に刺さるんですけど」

「何を言っている。心に刺さらなくては激励にならないだろう？」

真顔で、意味がわからない、と、返されて郁が引いていると、「これを」と、三田弁護士が大きな紙袋に入った箱を渡してきた。

「普段、誤解されないように誰かに贈り物をする時は、無難に花屋のお任せで後腐れのないように花束を手配しているが。今夜は前に迷惑をかけたから特別だ。感謝したまえ」

何だろうと見てみるとドレスだった。いや、こんな物を受け取れない。

あわてて返したが「私の年収からすればこれくらい、使い捨ての手袋を買うようなものだ」と押し付けられた。返品されてもゴミになるだけだと言われると受け取らないわけにはいかない。とりあえず「ありがとうございます」と頭を下げる。気まずい。

黙っていると、こほんと咳払いをして三田弁護士が言った。

「一発、殴っていい」

「え？」

「その権利が君にはある。今夜はそのために来たんだ。すでに有馬には殴られた。あとは君だけだ」

早くしたまえ、こんなことを来年にまで持ち越したくない、と言われて、そう言えば三田弁護士と会うのはあの一件のあと、裁判で一緒になった時以来だなと気がついた。

あの時、助けに来てくれた三田弁護士の頬が腫れていたのは、有馬に殴られたせいだったのか。だけど……、

「……確かに巻き込まれて困りましたけど。逆恨みをされたあなたも被害者といえば被害者ですし、私が怒るのは何か違うというか」

悪いのはあの三人組だ。それに簡単に攫われた郁も悪かった。そう言うと、「まったく、君という子は」と三田弁護士がため息をついた。

「人が良すぎると言われないかね？　貸し借りなしにしたかったが、しょうがない。それに、その様子では前に私が提案したことへの答えも当然、否、だな」

前に、有馬のもとから離れて三田弁護士のところへ来ないか、と誘われたことだ。

「あんな変態芸術馬鹿のどこがいいのか理解に苦しむが。ま、君に対してはあの男も悪いところばかりでもないようだしな。とはいえ、あの男の変人ぶりは筋金入りだ。従兄弟の私が保証する。愛想が尽きれば、いつでも遠慮なく電話してきたまえ」

前と同じ名刺に、今度は携帯番号をメモ書きして渡された。いくつ連絡先をもっているのだろうこの人は。ちょっと冷ややかな目になってしまった郁を、「せっかくだし玄関先まで送ってくれないか、郁くん」と三田弁護士が誘う。

「……と、思ったが。今日はやめておこう。暑苦しい保護者が控えているようだしね」

「え……？」

振り返ると、車をガレージに駐車してきたらしき有馬が、仁王めいた顔で戸口に立っていた。

「そんな目で見なくても退散するよ。殴られてこいと言ったのは君で、殴ってもらえなかったのは郁くんの性格で、どちらも私のせいではない」

では、よいクリスマスを、と言って、三田弁護士は帰っていった。

車のエンジン音が聞こえて、遠ざかって。有馬がぶすりとした顔で言った。

「……お前、あいつに何を言われたんだ？」

え、それは。

どう答えようと郁が迷った時、また車の音がして、扉がバタンと勢いよく開いた。

「メリークリスマス！　出迎えご苦労！」

綾音さんだ。

　お土産の袋とお泊りグッズの入った鞄を両手いっぱいに持っている。無事、年内の仕事を片付けて、乗車率百％以上の新幹線でやってきたらしい。

「どしたの、ふたりとも。こんなところで。もしかして、伊織の奴も来てた？　さっきタクシーであの気障ったらしいポルシェとすれ違ったけど」

　綾音さんも三田弁護士とは知り合いらしい。郁と有馬の間にある気まずい空気を敏感に察して、綾音さんは、ははーん、と言った。

「郁ちゃん、もしかしてあいつに口説かれた？　私のところへ来たまえ、とか」

　図星だ。

「やっぱりねー。あいつ昔からそうなのよ。有馬のそばにいる人間、片っ端から誘うのよ」

「は？　何だそれは」

「やだ、有馬ってば気づいてなかったの？」

　そう言って、綾音さんが三田弁護士の過去話を披露してくれる。なぜ、綾音さんが三田弁護士の過去を知っているかというと、三田弁護士の実家は京都で、幼少のみぎりの三田弁護士は、薫さんと同じ幼稚園に通っていたからだとか。

「でね、これ、薫に聞いた話だけどね。親戚ってことでね、有馬って三田家に預けられてた時期があるのよ。で、有馬と薫と伊織は同じ幼稚園に通ってて。お絵描きの時間にね、伊織が得意そうに絵を描いてたんだって」

当時から何でもそつなくこなす幼児だった三田弁護士は、とても幼児作とは思えない、見事に写実的な大人っぽい絵を描いていたらしい。

「伊織って手先は器用だしねー。ところがそこへ有馬が来たの」

有馬は当時から天才肌というか、相手の心情を慮《おもんぱか》ることもなく、ずけずけと思ったことを言う困った幼児だったらしい。

「で、堂々と、それは絵画じゃない、模写だ、ってその場でスラスラ同じモチーフで描いちゃったんだって。それがまたいい出来で。四歳児の作だから技術的には拙いけど。一目見たら忘れられない、人の印象に残る絵だったらしいわ。大人をまねた伊織の絵と違って、この年代にしか描けないっていう」

「うわあ……」

「その頃の伊織ってこんなに小さいのにすごい絵だ、天才だって褒められまくって天狗になってたそうだから。プライド、ずたずたにされたんでしょうねえ」

なまじ三田家も芸術に造詣の深い家柄で、三田弁護士も絵の良し悪しがわかる幼児だったことが災いした。わずか四歳にして、三田弁護士は天才と秀才の違いを痛感させられてしまったらしい。

「それからよ。伊織が有馬を強烈に意識しだしたの。法曹界に進んだのだって、有馬とは違う分野で認められたいと思ったからじゃない？　そのくせ何かと理由つけてつきまとっては、俺の方がすごいって示したがるの。面倒くさいでしょ」

ここまでくるとストーカーね、と綾音さんが笑い飛ばした。有馬は、「そんな理由で俺はずっとあいつに嫌がらせを受けてきたのか⁉」と愕然としているが、今まで気づいていなかったのか、この人は。ここらも天才と凡人の差というものだろうか。

「というわけで。あいつが郁ちゃんにちょっかい出すのはこじれた劣等感からなのよ。郁ちゃんを奪うことで、元の所有者である有馬の優位に立とうとしているの」

「私、物じゃないですし、有馬さんに所有されてるわけでもないですよ」

「理屈じゃそうなんだけど、なまじ郁ちゃんが有馬に助手として認められてるとこが癇《かん》に障るのよ。ま、郁ちゃんがそんなガキっぽいことにつきあうことないから。無視してなさい」

「……はあ」

「さあ飲むわよ！　ほら、いつまでもそんなところにいないで。ビール、ビール！」

到着したばかりで疲れてへろへろだろうに、綾音さんは飲む気満々だ。

「ふふふ、この瞬間のために休みをもぎ取ったようなものよ。年末年始は寺社絡みのつくも神トラブルが多いから、一緒に宿直してほしいって課長に迫られたけど。よく見たら私だけじゃなくて、休み返上しやすい独り者全員に声かけてるの。思わせぶりに言っといて、課長の馬鹿、ネクタイ地蔵ー！」

毎回思うが、この綾音さんをここまで翻弄する課長ってどんな人だろう。

とりあえず、食堂に場を移して、有馬は日本酒、薫さんはワイン、綾音さんはとりあえずのビール。郁はノンアルコールのシャンパンで乾杯だ。

「メリークリスマス！」

テーブルには薫さんが丸ごと焼いてくれたチキン、鴨やサーモンのオードブル。有馬特製のほうれん草とカリフラワー、フォワグラのテリーヌに、新鮮魚介のカルパッチョ。他にもカナッペ各種にミンスパイと、メインとデザートがごちゃ混ぜだ。豪華な食卓には郁作庶民派サンドイッチもさりげなく混じっている。刻んだゆで卵とマヨネーズはサンドイッチの王道だ。食後には自家製ジェラート盛り合わせもあるらしい。贅沢だ。

皆で用意したパーティーメニュー。キリスト教徒ではないけれど、今夜は世界中でいったいどれだけの人が大切な人たちと同じ時を過ごすのだろう。

一通り料理を堪能して、薫さんと綾音さんが飲み比べを始めた頃。有馬がくいと顎を動かして、郁を食堂の外へと招いた。首を傾げながらついていくと、皆に声が届かないように扉を閉めて、彼が言った。

「そろそろお前の祖父母殿も退院予定が決まるだろう？　で、今後のことを話したくてだな」

あ、と思った。さっき病院に寄った時に聞いた話だ。祖父母は無事、年明けには退院できると言われている。

だから。郁も決めなくてはならない。祖父母宅へ戻るか、他の家を探すか。

祖父母宅にはこのままでは住めない。防犯設備を強化するなど、つくも神保護法に則した改築が必要になる。守秘義務も生じるし、歳のいった祖父母には負担だろう。だが郁が赤の他人の有馬の家にこれ以上、居座り続ける理由もなくて。

有馬の優しさにつけ込む形で、今までずるずる居座っていたことが恥ずかしくなって、郁がうつむいた時、有馬が言った。

「前から薫や綾音とも相談してたんだが。お前、このままこの家の子にならないか」

「え……」

「さっき病院でお前の祖父母殿にも許可を得た。お孫さんをください、そう言った」

なんだ、それは。郁が目を丸くしていると、有馬が照れたように横を向いた。

「その、お前はつくも神と同調できるし、なかなか便利だからな。俺の料理だってうまそうに食ってくれるし、朝ごはんも作れる。それにその指輪の問題もあるから、田畑の中の一軒家で暮らさせるのも俺が落ち着かない。目の届くところに指輪ごとおいておかないと仕事の効率が落ちる」

だから。

「その、これからもここで暮らしながら、俺の助手をしてくれないか」

お前の答えは？

有馬がこちらを見おろす。郁はこくりと息をのんだ。

祖父母が退院したらどうなる。ずっと悩んでいた。怖かった。この家を出て行けと言われることが。だって自分は妹のように人好きのする性格ではなくて。今までも父母の関係者や引っ越し先の人たちにも別れを惜しまれたこともなくて。だから、

（こんなこと言われたら、どんな顔していいかわからない……！）

嬉しいのに怖い。信じていいのかと臆病になる。もしこの手を取って、冗談だよ、なんて言われたらもう立ち直れない。

奥歯を嚙みしめ、黙り込んだ郁の頭に、有馬が、ぽん、と手をのせた。そして言う。

「馬鹿。子供が難しいことを考えることはないんだ。ここにいれば俺の手料理だって食

べれるぞ。出張のたびに食べ物をねだる食い意地の張ったお前には天国だろうが」

それに、と彼が続ける。

「この仕事をしていると、普段、なかなか見ることのできない国宝級の美術品を間近で見れる。愛好家にはたまらないだろう。答えはひとつしかないだろうが」

どうだ、と、ドヤ顔をされた。冗談めかしたその表情が限りなく優しく、温かで。郁は涙がこぼれそうになった。

彼が受け入れてくれると言うのなら。郁を必要だと言ってくれるのなら。

返事はひとつだ。

「……これからも頑張りますので、よろしくお願いします、有馬さん」

勢いよく一礼して言うと、有馬がほっとしたように笑った。

その笑みが素晴らしく尊い物に見えて。郁は見惚れて固まってしまう。そんな郁の頭を有馬が、よしよし、と、よくできました、というように撫でる。

「さ、戻るぞ。飯が冷める。薫たちにもこの返事を報告しないといけないしな」

有馬と一緒に食堂へ戻ると、皆がいた。振り返って郁を出迎えてくれる。つくも神の伝丸も小さなクリスマスケーキをのせてもらって嬉しそうだ。薫さんの首にはクリスマスには不似合いな紅の組紐。とうとう返却先から脱走してきたらしい。綾音さんはすでにビールを終え、テキーラを一本開けて機嫌よく酔っぱらっている。そんな皆の顔が愛おしい。

そっと指を見る。薬指にある指輪。もう自分はこれを壊してまで外そうなどとは思わない。この指輪に託した有馬の想いを、つくも神たちの必死の願いを知っているから。

これから先、この指輪がつくも神として目覚めるかどうかはわからない。それでも有馬は待つという。なら、郁のすることはひとつだ。

この指輪の宿主である限り、有馬に必要とされる限り、皆と一緒にこの小さな存在たちを、つくも神たちの声を聞いていこうと思う。

この指輪がこの指にある限り、ずっと。

限られた命と奇跡のような出会いの中で、皆が少しでも幸せな時を過ごせますようにと願いながら——。

この物語はフィクションです。
実在の人物、団体等とは一切関係がありません。
本書は書き下ろしです。

藍川竜樹先生へのファンレターの宛先

〒101-0003　東京都千代田区一ツ橋2-6-3　一ツ橋ビル2F
マイナビ出版　ファン文庫編集部
「藍川竜樹先生」係

古器旧物保存方つくも神蒐集録
～わけあって交渉人の助手になりました～

2021年1月20日　初版第1刷発行

著　者　　藍川竜樹
発行者　　滝口直樹
編　集　　山田香織（株式会社マイナビ出版）、須川奈津江
発行所　　株式会社マイナビ出版
〒101-0003　東京都千代田区一ツ橋2丁目6番3号　一ツ橋ビル2F
TEL 0480-38-6872（注文専用ダイヤル）
TEL 03-3556-2731（販売部）
TEL 03-3556-2735（編集部）
URL https://book.mynavi.jp/

イラスト　　條
装　幀　　神戸柚乃＋ベイブリッジ・スタジオ
フォーマット　ベイブリッジ・スタジオ
ＤＴＰ　　富宗治
校　正　　株式会社鷗来堂
印刷・製本　中央精版印刷株式会社

ファン文庫

帝都モノノ怪ガタリ

人とモノノ怪は共存していくことはできないのか…
さとみ桜が贈る大正人情ファンタジー！

無一文の幸四郎はあてもなく夜の街を彷徨っていると妖怪退治を生業にしている忍と出会う。忍はモノノ怪を恐れない幸四郎の反応を買い、仕事を手伝うように脅迫してきて…？

著者／さとみ桜
イラスト／Minoru